季羡林清欢五卷·2

生如逆旅,
我亦行人

季羡林 ——— 著

青岛出版社
QINGDAO PUBLISHING HOUSE

图书在版编目（CIP）数据

生如逆旅，我亦行人 / 季羡林著 . — 青岛：青岛出版社，2021.4
ISBN 978-7-5552-5854-4

Ⅰ . ①生… Ⅱ . ①季… Ⅲ . ①散文集—中国—当代 Ⅳ . ① I267

中国版本图书馆 CIP 数据核字（2021）第 002912 号

书　　名	生如逆旅，我亦行人
作　　者	季羡林
出版发行	青岛出版社
社　　址	青岛市海尔路182号（266061）
本社网址	http://www.qdpub.com
邮购电话	（0532）68068091
策　　划	杨成舜
责任编辑	霍芳芳
特约策划	创意百人汇
封面设计	仙　境
封面插图	牛　力
照　　排	刘龄蔓
印　　刷	青岛双星华信印刷有限公司
出版日期	2021年4月第1版　2021年4月第1次印刷
开　　本	32开（880mm×1230mm）
印　　张	7.375
字　　数	153千
印　　数	1-8000
书　　号	ISBN 978-7-5552-5854-4
定　　价	45.00元

编校印装质量、盗版监督服务电话　4006532017　0532-68068050
本书建议陈列类别：畅销　名家　散文

目录

壹 人生如逆旅

人　生 / 003
再谈人生 / 005
三论人生 / 007
人生漫谈 / 009
人生之美 / 015
人生小品 / 018
不完满才是人生 / 023
人生的意义与价值 / 026
谈老年 / 029
老年谈老 / 035
老年四『得』/ 040
老年十忌 / 043
长寿之道 / 061
长生不老 / 064
养生无术是有术 / 066

壹 人生如逆旅

老马识途 / 068
死的浮想 / 070
生命冥想 / 072
缘分与命运 / 076
生命的价值 / 079
生活的现实 / 083

贰 我本修行人

禅趣人生 / 087
山中逸趣 / 091
难得糊涂 / 095
糊涂一点，潇洒一点 / 098
我的座右铭 / 101
座右铭（老年时期）/ 103

| 目录

贰 我本修行人

我的怀旧观 / 104
我的美人观 / 108
寂寞 / 113
毁誉 / 117
容忍 / 120
忘 / 122
送礼 / 127
傻瓜 / 132
炼话 / 134
知足知不足 / 137
世态炎凉 / 139
趋炎附势 / 141
对号入座 / 143
爽朗的笑声 / 145
睁一只眼闭一只眼 / 151

叁 淡泊以明志

辞「国学大师」 / 155
辞「学界（术）泰斗」 / 157
辞「国宝」 / 158
做人与处世 / 168
修养与实践 / 170
走运与倒霉 / 174
牵就与适应 / 176
谦虚与虚伪 / 178
隔 膜 / 180
反躬自省 / 183
满招损，谦受益 / 193
真理愈辨愈明吗？ / 195
同胞们说话声音放低一点 / 198
漫谈「再少」问题 / 200
从小康谈起 / 202

叁 淡泊以明志

漫谈消费 ╱ 205

给「拆」字亮红灯 ╱ 210

论朋友 ╱ 212

论教授 ╱ 215

论怪论 ╱ 217

学术良心或学术道德 ╱ 219

对广告的逆反心理 ╱ 222

希望 21 世纪家庭更美好 ╱ 226

壹

———

人生如
逆旅

人　生

在一个《人生漫谈》的专栏中，首先谈一谈人生，似乎是理所当然的、未可厚非的。

而且我认为，对于我来说，这个题目也并不难写。我已经到了望九之年，在人生中已经滚了八十多个春秋了。一天天面对人生，时时刻刻面对人生，让我这样一个世故老人来谈人生，还有什么困难呢？岂不是易如反掌吗？

但是，稍微进一步一琢磨，立即出了疑问：什么叫人生呢？我并不清楚。

不但我不清楚，我看芸芸众生中也没有哪一个人真清楚的。古今中外的哲学家谈人生者众矣。什么人生意义，又是什么人生的价值，花样繁多，扑朔迷离，令人眼花缭乱；然而他们说了些什么呢？恐怕连他们自己也是越谈越糊涂。以己之昏昏，焉能使人昭昭！

哲学家的哲学，至矣高矣。但是，恕我大不敬，他们的哲学同吾辈凡人不搭界，让这些哲学，连同它们的"家"，坐在神圣的殿堂里去独现辉煌吧！像我这样一个凡人，吃饱了饭没事儿的时候，有时也会想到人生问题。我觉得,我们"人"的"生",都绝对是被动的。没有哪一个人能先制订一个诞生计划,然后再下生,一步步让计划实现。

吾辈凡人的诞生,无一例外,都是被动的,一点主动也没有。我们糊里糊涂地降生,糊里糊涂地成长,有时也会糊里糊涂地夭折,当然也会糊里糊涂地寿登耄耋,像我这样。

生的对立面是死。对于死,我们也基本上是被动的。我们只有那么一点主动权,那就是自杀。但是,这点主动权却是不能随便使用的。除非万不得已,是绝不能使用的。

我在上面讲了那么些被动,那么些糊里糊涂,是不是我个人真正欣赏这一套、赞扬这一套呢?否,否,我绝不欣赏和赞扬。我只是说了一点实话而已。

正相反,我倒是觉得,我们在被动中,在糊里糊涂中,还是能够有所作为的。我劝人们不妨在吃饱了燕窝鱼翅之后,或者在吃糠咽菜之后,或者在唱卡拉OK、打高尔夫之后,问一问自己:你为什么活着?活着难道就是为了恣睢地享受吗?难道就是为了忍饥受寒吗?问了这些简单的问题之后,会使你头脑清醒一点,会减少一些糊涂。谓予不信,请尝试之。

1996年11月9日

再谈人生

人生这样一个变化莫测的万花筒,用千把字来谈,是谈不清楚的。所以来一个"再谈"。

这一回我想集中谈一下人性的问题。

大家知道,中国哲学史上,有一个不大不小的争论问题:人是性善,还是性恶?这两个提法都源于儒家。孟子主性善,而荀子主性恶。争论了几千年,也没有争论出一个名堂来。

记得鲁迅先生说过:"人的本性是,一要生存,二要温饱,三要发展。"(记错了,由我负责。)这同中国古代一句有名的话,精神完全是一致的:"食色,性也。"食是为了解决生存和温饱的问题,色是为了解决发展问题,也就是所谓传宗接代。

我看,这不仅仅是人的本性,而且是一切动植物的本性。试放眼观看大千世界,林林总总,哪一个动植物不具备上述三个本能?动物姑且不谈,只拿距离人类更远的植物来说,"桃李无言",它们不但不能行动,连发声也发不出来。然而,它们求生存和发展的欲望却表现得淋漓尽致。桃李等结甜果子的植物为什么结甜果子呢?

无非是想让人和其他能行动的动物吃了甜果子把核带到远的或近的其他地方,落在地上,生入土中,能发芽、开花、结果,达到发展,即传宗接代的目的。

你再观察,一棵小草或其他植物,生在石头缝中,或者甚至被压在石头块下,缺水少光,却以令人震惊得目瞪口呆的毅力,冲破了身上的重压,弯弯曲曲地、忍辱负重地长了出来,由细弱变为强硬,由一根细苗甚至变成一棵大树,再作为一个独立体,继续顽强地实现那三种本性。"下自成蹊",就是"无言"的结果吧。

你还可以观察,世界上任何动植物,如果放纵地任其发挥自己的本性,则在不太长的时间内,哪一种动植物也能长满塞满我们生存的这一个小小的星球地球。那些已绝种或现在濒临绝种的动植物,属于另一个范畴,另有其原因,我以后还会谈到。

那么,为什么到现在还没有哪一种动植物——包括万物之灵的人类在内——能塞满了地球呢?

在这里,我要引老子的话:"天地不仁,以万物为刍狗。"是造化小儿——谁也不知道,他究竟有没有?他究竟是什么样子?我不信什么上帝、什么老天爷、什么大梵天,宇宙间没有他们存在的地方。

但是,冥冥中似乎应该有这一类的东西,是他或它巧妙计算,不让动植物的本性得逞。

1996 年 11 月 12 日

三论人生

上一篇《再论》戛然而止,显然没有能把话说完,所以再来一篇《三论》。

造化小儿对禽兽和人类似乎有点区别对待的意思。它给你生存的本能,同时又遏制这种本能,方法或者手法颇多。制造一个对立面似乎就是手法之一,比如制造了老鼠,又制造它的天敌猫。

对于人类,它似乎有点优待。它先赋予人类思想(动物有没有思想和言语是一个有争论的问题),又赋予人类良知良能。关于人类本性,我在上面已经谈到。我不大相信什么良知,什么"恻隐之心,人皆有之";但是我又无从反驳。古人说:"人之所以异于禽兽者几希。""几希"者,极少极少之谓也。即使是极少极少,总还是有的。我个人胡思乱想,我觉得,在对待生物的生存、温饱、发展的本能的态度上,就存在着一点点"几希"。

我们观察,老虎、狮子等猛兽,饿了就要吃别的动物,包括人在内。它们绝没有什么恻隐之心,绝没有什么良知。吃的时候,它们也绝不会像人吃人的时候那样,有时还会捏造一些我必须吃你的道理，做好"思想工作"。它们只是吃开了，吃饱为止。人类则有所不同。人与人当然也不会完全一样。有的人确实能够遏制自己的求生本能，表现出一定的良知和一定的恻隐之心。古往今来的许多仁人志士是这方面的好榜样。他们为什么能为国捐躯？为什么能为了救别人而牺牲自己的性命？鲁迅先生所说的"中国的脊梁"，就是这样的人。孟子所谓的"浩然之气"，只有这样的人能有。禽兽中是绝不会有什么"脊梁"，有什么"浩然之气"的，这就叫作"几希"。

但是人也不能一概而论，有的人能够做到，有的人就做不到。像曹操说："宁教我负天下人，休教天下人负我！"他怎能做到这一步呢？

说到这里，就涉及伦理道德问题。我没有研究过伦理学，不知道怎样给道德下定义。我认为，能为国家、为人民、为他人着想而遏制自己的本性的，就是有道德的人；能够百分之六十为他人着想，百分之四十为自己着想，他就是一个及格的好人。为他人着想的百分比越高越好，道德水平越高。

1996年11月13日

人生漫谈

天津百花文艺出版社准备出版我在上海《新民晚报·夜光杯》这一版上陆续发表的人生漫谈。这当然是极令我欣慰的事。出版这样一个小册子，本来是用不着写什么"自序"的，写了反而像俗话说的那样"六指子划拳，多此一指"。但是，我想来想去，似乎还有一些话要说，这一指是必须多的。

约莫在三年前，我接到上海《新民晚报·夜光杯》版的编辑贺小钢（我不加"同志""女士""小姐"等等敬语，原因下面会说到的）的来信，约我给《夜光杯》写点文章。这实获我心。专就发行量来说《新民晚报》在全国是状元，而且已有将近七十年的历史，在全国有口皆碑，谁写文章不愿意让多多益善的读者读到呢？我立即回信应允，约定每篇文章一千字，每月发两篇。主题思想是小钢建议的。我已经是一个耄耋老人，人生经历十分丰富，写点人生漫谈（原名《絮语》，因为同另一本书同名，改）之类的千字文，会对读者有些用处的。我认为，这话颇有道理。我确已经到了望九之年。古代文人（我非武人，只能滥竽文人之列）活到这个年龄的并不多。

而且我还经历了中国几个朝代,甚至有幸当了两个多月的宣统皇帝的臣民。我走遍了世界三十个国家,应该说是识多见广,识透了芸芸众生相。如果我倚老卖老的话,我也有资格对青年们说:"我吃过的盐比你们吃的面还多,我走过的桥比你们走过的路还长。"因此,写什么"人生漫谈",是颇有条件的。

这种千字文属于杂文之列。据有学问的学者说,杂文必有所讽刺,应当锋利如匕首,行文似击剑。在这个行当里,鲁迅是公认的大家。但是,鲁迅所处的时代是阴霾蔽天、黑云压城的时代,讽刺确有对象,而且俯拾即是。今天已经换了人间,杂文这种形式还用得着吗?若干年前,中国文坛上确实讨论过这个问题。事不干己,高高挂起。我并没有怎样认真注意讨论的过程和结果。现在忽然有了这样一个意外的机会,对这个问题我就不能不加以考虑了。

自从改革开放以来,光天化日,乾坤朗朗,在政治、经济、文化、教育等各个方面都有了显著的进步和变化。人民的生活水平有了提高,人们的心情感到了舒畅。这个事实是谁也否定不了的。但是,天底下闪光的不都是金子。上面提到的那一些方面,阴暗面还是随处可见的。社会的伦理道德水平还有待于提高。人民的文化素质还有待于改善。丑恶的行为还是存在的。总之一句话,杂文时代并没有过去,匕首式的杂文,投枪式的抨击,还是十分必要的。

谈到匕首和投枪,我必须做一点自我剖析。我舞笔弄墨,七十年于兹矣。但始终认为,这是自己的副业。我从未敢以作家自居。在我眼中,作家是一个十分光荣的称号,并不是人人都能成为作家的。我写文章,只限于散文、随笔之类的东西,无论是抒情还是叙事,都带有感情的色彩或者韵味。在这方面,自己颇有一点心得和自信。至于匕首或投枪式的杂文,则绝非自己之所长。像鲁迅的杂文,只能是我崇拜的对象,自己绝不敢染指的。

还有一种文体,比如随感录之类的东西,这里要的不是匕首和投枪,而是哲学的分析、思想的深邃与精辟。这又非我之所长。我对哲学家颇有点不敬。我总觉得,哲学家们的分析细如毫毛,深如古井,玄之又玄,玄妙无门,在没有办法时,则乞灵于修辞学。这非我之所能,亦非我之所愿。

悲剧就出在这里。小钢交给我的任务,不属于前者,就属于后者。俗话说:"扬长避短。"我在这里却偏偏扬短避长。这是我自投罗网,奈之何哉!

小钢当然并没有规定我怎样怎样写,这一出悲剧的产生,不由于环境,而由于性格。就算是谈人生经历吧,我本来也可以写"今天天气哈,哈,哈"一类的文章的,这样谁也不得罪,读者读了晚报上的文章,可以消遣,可以催眠。我这个作者可以拿到稿费。双方彼此彼此,各有所获,心照不宣,各得其乐。这样岂不是天下太平、宇宙和合了吗?

然而不行。我有一股牛劲,有一个缺点:总爱讲话,而且讲真话。谎话我也是说的,但那是不得已而为之的,更多的还是讲真话。稍有社会经历的人都能知道,讲真话是容易得罪人的,何况好多人养成了"对号入座"的习惯,完全像阿Q一样,忌讳极多。我在上面已经说到过，当前的社会还是有阴暗面的，我见到了，如果闷在心里不说，便如骨鲠在喉，一吐为快。我的文字虽然不是匕首，不像投枪，但是，说不定什么时候就会碰到某一些人物的疮疤。在我完全不知道的情况下，就树了敌，结了怨。这是我咎由自取，怪不得他人。

至于另一种文体，那种接近哲学思辨的随感录，本非我之所长，因而写得不多。这些东西会受到受过西方训练的中国哲学家们的指责。但他们的指责我不但不以为耻，而且引以为荣。如果受到他们的赞扬，我将斋戒沐浴，痛自忏悔，搜寻我的"活思想"以及"灵魂深处的一闪念"，坚决、彻底、干净、全部地痛改前非，以便不同这些人同流合污。讲到哲学，如果非让我加以选择不行的话，我宁愿选择中国古代哲学家的表达方式，不是分析，分析，再分析，而是以生动的意象，凡人的语言，综合的思维模式，貌似模糊而实颇豁亮，能给人以总体的概念或者印象。不管怎么说，写这类的千字文，我也绝非内行里手。

把上面讲的归纳起来看一看，写以上说的两类文章，都非我之所长。幸而其中有一些文章不属于以上两类，比如谈学习外语等的那一些篇，可能对读者还有一些用处。但是，总起来看，在最初阶段，我对自己所写的东西信心是不大的，有时甚至想中止写作，另辟途径。常言道："实践是检验真理的唯一标准。"出我意料，社会上对这些千字文反应不错。我时常接到一些来信，赞成我的看法，或者提出一些问题。从报纸杂志上来看，有的短文——数目还不是太小——被转载,连一些僻远地区也不例外。这主要应该归功于《新民晚报》的威信。但是,自己的文章也不能说一点作用都没有起。这情况当然会使我高兴,于是坚定了信心,继续写了下去,一写就是三年,文章的篇数已经达到七十篇了。

对于促成这一件不无意义的工作的《新民晚报·夜光杯》栏的编辑贺小钢,我从来没有对于性别产生疑问,我也从来没有考虑过这个问题。我想钢是很硬的金属,即使是"小钢"吧,仍然是钢。贺小钢一定是一位身高丈二的赳赳武夫。我的助手李玉洁想的也完全同我一样,没有产生过任何怀疑。通信三年,没有见过面。今年春天,有一天,上海来了两位客人。一见面当然是先请教尊姓大名。其中有一位年轻女士,身材苗条,自报名姓:"贺小钢。"我同玉洁同时一愣,认为自己的耳朵出了问题,连忙再问,回答仍然是"贺小钢",为了避免误会,还说明了身份:上海《新民晚报·夜光杯》的编辑。我们原来认为是男子汉大丈夫的却是一位妙龄靓女。我同玉洁不禁哈哈大笑。小钢有点莫名其妙。我们连忙解释,她也不禁陪我们大笑起来。古诗《木兰辞》中说:"同行十二年,不知木兰是女郎。"这是古代的事,无可疑怪。现在是信息爆炸的时代,上海和北京又都是通都大邑,竟然还闹出了这样的笑话,我们难道还能不哈哈大笑吗?这也可能算是文坛——如果我们可能都算是在文坛上的话——上的一点花絮吧。

就这样,我同《新民晚报·夜光杯》的文字缘算是结定了,我同小钢的文字缘算是结定了。只要我还能拿得起笔,只要脑筋还患不了痴呆症，我将会一如既往写下去的。既然写，就难免不带点刺儿。万望普天下文人贤士千万勿"对号入座"，我的刺儿是针对某一个现象的，绝不针对某一个人。特此昭告天下，免伤和气。

1999年8月31日

（此文为《人生漫谈》一书序言）

人生之美

本书的作者池田大作名誉会长，译者卞立强教授，以及本书一开头就提到的常书鸿先生，都是我的朋友。我同他们的友谊，有的已经超过了四十年，至少也有十几二十年了，都可以算是老朋友了。我尊敬他们，我钦佩他们，我喜爱他们，常以此为乐。

池田大作名誉会长的著作，只要有汉文译本（这些译本往往就出自卞立强教授之手），我几乎都读过。现在又读了他的《人生箴言》。可以说是在旧的了解的基础上，又增添了新的了解。在旧的钦佩的基础上，又增添了新的钦佩，我更以此为乐。

评断一本书的好与坏有什么标准呢？这可能因人而异。但是，我个人认为，客观的能为一般人都接受的标准还是有的。归纳起来，约略有以下几项：一本书能鼓励人前进呢，抑或拉人倒退？一本书能给人以乐观精神呢，抑或使人悲观？一本书能增加人的智慧呢，抑或增强人的愚蠢？一本书能提高人的精神境界呢，抑或降低？一本书能增强人的伦理道德水平呢，抑或压低？一本书能给人以力量呢，抑或使人软弱？一本书能激励人向困难做斗争呢，抑或让人向困难低头？一本书能给人以高尚的美感享受呢，抑或给人以低级下流的愉快？类似的标准还能举出一些来，但是，我觉得，上面这一些也就够了。统而言之，能达到问题的前一半的，就是好书。若只能与后一半相合，这就是坏书。

拿上面这些标准来衡量池田大作先生的《人生箴言》，读了这一本书，谁都会承认，它能鼓励人前进，它能给人以乐观精神，它能增加人的智慧，它能提高人的精神境界，它能增强人的伦理道德水平，它能给人以力量，它能鼓励人向困难做斗争，它能给人以高尚的美感享受。总之，在人生的道路上，它能帮助人明辨善与恶，明辨是与非；它能帮助人找到正确的道路，而不致迷失方向。

因此，我的结论只能是：这是一本好书。

如果有人认为我在上面讲得太空洞，不够具体，我不妨说得具体一点，并且从书中举出几个例子来。书中许多精辟的话，洋溢着作者的睿智和机敏。作者是日本蜚声国际的社会活动家、思想家、宗教活动家。在他那波澜壮阔的一生中，通过自己的眼睛和心灵，观察人生，体验人生，终于参透了人生，达到了圆融无碍的境界。书中的话就是从他深邃的心灵中撒出来的珠玉，句句闪耀着光芒。读这样的书，真好像是走入七宝楼台，发现到处是奇珍异宝，拣不胜拣。又好像是行在山阴道上，令人应接不暇。本书"一、人生"中的第一段话，就值得我们细细地玩味："我认为人生中不能没有爽朗的笑声。"第二段话："我希望能在真正的自我中，始终保持不断创造新事物的创造性和为人们为社会做出贡献的社会性。"这是多么积极的人生态度，真可以振聋发聩！我自己已经到了耄耋之年，我特别欣赏这一段话："'老'的美，老而美——这恐怕是比人生的任何时期的美都要尊贵的美。老年或晚年，是人生的秋天。要说它的美，我觉得那是一种霜叶的美。"我读了以后，陡然觉得自己真"美"起来了，心里又溢满了青春的活力。这样精彩的话，书中到处都是，我不再做文抄公了。读者自己去寻找吧。

现在正是秋天。红于二月花的霜叶就在我的窗外。案头上正摆着这一部书的译稿。我这个霜叶般的老年人，举头看红叶，低头读华章，心旷神怡，衰颓的暮气一扫而光，提笔写了这一篇短序，真不知老之已至矣。

1994 年 11 月 8 日

（此文为《人生箴言》一书序言）

人生小品

约莫在一年多以前,我给自己约法一章:今后不再出这里选几篇、那里选几篇拼凑而成的散文集。因为,你不管怎样选择,重复总会难免,这是对读者不负责任的表现,是我不应该做的。

决心下定以后不久,于青女士就找上门来,说是要给我出版一部散文选集。我立即把我的决定告诉了她。她以她那特有的豁达通脱、处变不惊的态度,从容答辩说,她选的文章会有特点,都是有关品味人生、感悟人生的,而且她还选了八个作家的文章,再来一个"而且",我还是其中的排头兵。意思就是,如果我拒绝合作,我就有破坏大局、破坏团结的嫌疑。这样一来,我只有俯首听命了。

年轻时候,我几乎没有写过感悟人生的文章,因为根本没有感悟,只觉得大千世界十分美好,眼前遍地开着玫瑰花,即使稍有不顺心的时候,也只如秋风过耳,转瞬即逝。

我是习惯于解剖自己的,但是,解剖的结果往往并不美妙。在学术上我是什么知,什么觉,在这里姑且不论;但是,在政治上,我却是后知后觉,这是肯定无疑的。有时候连小孩子都不会相信的弥天大谎，我却深信不疑。如果一生全是这样的话，倒也罢了。然而造物主却偏给我安排了一条并不平坦的人生道路。我走过阳关大道，也走过独木小桥。我经历过车马盈门的快乐，成为一个颇可接触者。又经历过门可罗雀的冷落，成为一个不可接触者。如果永远不可接触下去，倒也罢了，我也是无怨无悔的。然而造物主又跟我开了一个玩笑，他（它？她？）又让我梅开二度，不但恢复了车马盈门的盛况，而且是"车如流水马如龙，花月正春风"，我成了一个极可接触者。

大家都能够知道，有过我这样经历的人，最容易感悟人生。我虽木讷，对人生也不能不有所感悟了。

正在这个时候，上海《新民晚报·夜光杯副刊》的编辑贺小钢女士写信给我，要我开辟一个专栏，名之曰"人生漫谈"。这真叫"无巧不成书"，一拍即合，我立即答应下来，立即动笔，从1996年下半年开始，到现在已经写了九十篇，有几篇还没有刊出。我原来信心十足，觉得自己已经活到了耄耋之年，吃的盐比年轻人吃的面还多，过的桥比年轻人走过的路还长，而且又多次翻过跟头，何悟人生，我早已参得透透的了。一拿起笔来，必然是妙笔生花，灵感一定会像江上清风，山中明月，取之不尽，用之不竭。想到这里，我简直想手舞足蹈了。

然而我犯了一个大错误，我过高地估计了我对人生感悟的库藏。原来每月两篇千字文，写来得心应手，不费吹灰之力，只觉得人生像是一个万花筒，方面无限地多，随便从哪一个方面选取一点感悟，易如反掌，不愁文章没有题目。然而写到六七十篇以后，却出现了前所未遇的情况。有时候感悟的火花一闪耀，想出了一个新题目，为了慎重起见，连忙查一查旧账，这一查就让我傻了眼：原来已经写过了。第二次、第三次，又碰到同样的情况，使我不得不承认，人生的方面虽然很广，自己的经历毕竟有限。虽然活到了耄耋之年，对人生感悟的库藏并不十分丰富。

此外，我还发现了一个我自己本不愿承认但又非承认不行的事实，这就是，自己对人生感悟的分析能力不是太强。这是有原因的。我一生治学，主要精力是放在考证上的，义理非我所好，也非我所能。对哲学家，我一向是敬而远之的，他们搞的那一套分析，分析，再分析，分析得我头昏脑胀，无力追踪。现在轮到我来写人生小品，这玩意儿有时候还是非有点分析不行的，这就让我为了难。现在翻阅过去四年多中所写的八十来篇小品，自己真正满意的并不多。这颇使我尴尬。然而，为水平所限，奈之何哉！

但是，事情还有它的另一面。四五年来，我在上海《新民晚报·夜光杯》上，总共写了八十来篇千字文。从读者中反馈回来的信息还是令人满意的。有的读者直接写信给我，有的当面告诉我，他们是认可的。全国一些不同地区的报纸杂志上也时有转载，也说明了那些千字文是起了作用的。那些千字文，看上去题目虽然五花八门，但是我的基本想法却是一致的。我想教给年轻人的无非是：热爱祖国，热爱人类，热爱生命，热爱自然。我认为，这四个"热爱"是众德之首。有了这四个"热爱"，国家必能富强，世界必能和睦，人类与大自然必能合一，人类前途必能辉煌。我虽然没有直接拿这四个"热爱"命题作文；但是我在行文时或明或暗、或直接或间接总离不开这个精神。这一点是可以告慰自己和读者的。

可是，我现在遇到了困难，我走到了十字路口上，我必须决定究竟要向哪个方向走，必须决定停步还是前进。要想前进，就是要想继续写下去，必须付出比以前大得多的劳动。我现在是年过富而力不强。虽然自觉离老年痴呆症还有极长的距离，自觉还是"难得糊涂"的；但是，在许多地方已有力不从心之感，不服老是不行了。为今之计，最好的最聪明的办法是只享受人生，而不去品味人生和感悟人生，不再写什么劳什子文章。这样既可以颐养天年，从从容容地过了白寿再赶茶寿。在另一方面还能够避开那一小撮嗅觉有特异功能的专爱在鸡蛋里挑刺的人们的伤害，何乐而不为呢？

然而，那不是我的为人之道。我不反对，文学家们、科学家们、教育家们、军事家们、政治家们在给人民做出了贡献之后，安静地颐养天年，那样做是应该的。我对自己的要求是："小车不倒只管推。"过去九十年，我对人民做出的贡献微不足道。我没有任何理由白吃人民的小米。我现在在这里说这一番话的目的，就是要表示"人生漫谈"还是要写下去的，不管有多大的困难，还是要写下去的。最近小钢在"夜光杯"上发我写的《老人十忌》，速度显然超过了每月两篇。看来，她是想督促我快写。而于青编选《人生小品》，也表示了她对我工作的认可，我不能使她们失望。等到将来有一天，可能我写不下去了，那时我就会像变戏法的下跪一样，没辙了。

对读者，我也想啰唆几句。倘若你们发现本书中同其他的书重复过多，那么你们最好别买，我只想劝你们把我这一篇序读一下，因为其中道出了我写人生小品的甘苦，值得一读的。

是为序。

2001年4月6日

（此文为《人生小品》一书序言）

不完满才是人生

每个人都争取一个完满的人生。然而，自古及今，海内海外，一个百分之百完满的人生是没有的。所以我说，不完满才是人生。

关于这一点，古今的民间谚语、文人诗句，说到的很多很多。最常见的比如苏东坡的词："人有悲欢离合，月有阴晴圆缺，此事古难全。"南宋方岳（根据吴小如先生考证）诗句："不如意事常八九，可与人言无二三。"这都是我们时常引用的，脍炙人口的。类似的例子还能够举出成百上千来。

这种说法适用于一切人，旧社会的皇帝老爷子也包括在里面。他们君临天下，"率土之滨，莫非王土"，可以为所欲为，杀人灭族，小事一桩。按理说，他们不应该有什么不如意的事。然而，实际上，王位继承，宫廷斗争，比民间残酷万倍。他们威仪俨然地坐在宝座上，如坐针毡。虽然捏造了"龙御上宾"这种神话，然而他们自己也并不相信。他们想方设法以求得长生不老，他们最怕"一旦魂断，宫车晚出"。连英主如汉武帝、唐太宗之辈也不能免俗。汉武帝造承露金盘，妄想饮仙露以长生；唐太宗服印度婆罗门的灵药，期望借此以不死。结果，事与愿违，仍然是"龙御上宾"，呜呼哀哉了。

在这些皇帝手下的大臣们，"一人之下，万人之上"，权力极大，骄纵恣肆，贪赃枉法，无所不至。在这一类人中，好东西大概极少，否则包公和海瑞等绝不会流芳千古、久垂宇宙了。常言道："伴君如伴虎。"可见大臣们的日子并不好过。据说明朝的大臣上朝时在笏板上夹带一点鹤顶红，一旦皇恩浩荡，钦赐极刑，连忙用舌尖舔一点鹤顶红，立即涅槃，落得一个全尸。可见这一批人的日子也并不好过，谈不到什么完满的人生。

至于我辈平头老百姓，日子就更难过了。新中国成立前后，不能说没有区别，可是一直到今天仍然是"不如意事常八九"。早晨在早市上被小贩"宰"了一刀；在公共汽车上被扒手割了包，踩了人一下，或者被人踩了一下，根本不会说"对不起"了，代之以对骂，或者甚至演出全武行。到了商店，难免买到假冒伪劣的商品，又得生一肚子气……谁能说，我们的人生多是完满的呢？

再说到我们这一批手无缚鸡之力的知识分子，只一个"考"字，就能让你谈"考"色变。"考"者，考试也。在旧社会科举时代，"千军万马过独木桥"，要上进，只有科举一途，你只需读一读吴敬梓的《儒林外史》，就能淋漓尽致地了解到科举的情况。以周进和范进为代表的那一批举人进士，其窘态难道还不能让你胆战心惊、啼笑皆非吗？

现在我们运气好，得生于新社会中。然而那一个"考"字，宛如如来佛的手掌，你别想逃脱得了。幼儿园升小学，考；小学升初中,考;初中升高中,考;高中升大学,考;大学毕业想当硕士,考;硕士想当博士,考。考,考,考,变成烤,烤,烤。

"人人有一本难念的经。"所以我说"不完满才是人生"。这是一个"平凡的真理";但是真能了解其中的意义,对己对人都有好处。对己,可以不烦不躁;对人,可以互相谅解。这会大大地有利于整个社会的安定团结。

1998 年 8 月 20 日

人生的意义与价值

当我还是一个青年大学生的时候,报刊上曾刮起一阵讨论人生的意义与价值的微风,文章写了一些,议论也发表了一通。我看过一些文章,但自己并没有参加进去。原因是,有的文章不知所云,我看不懂。更重要的是,我认为这种讨论本身就无意义,无价值,不如实实在在地干几件事好。

时光流逝,一转眼,自己已经到了望九之年,活得远远超过了我的预算。有人认为长寿是福,我看也不尽然。人活得太久了,对人生的种种相,众生的种种相,看得透透彻彻,反而鼓舞时少,叹息时多。远不如早一点离开人世这个是非之地,落一个耳根清净。

那么,长寿就一点好处都没有吗?也不是的。这对了解人生的意义与价值,会有一些好处的。

根据我个人的观察,对世界上绝大多数人来说,人生一无意义,二无价值。他们也从来不考虑这样的哲学问题。走运时,手里攥满了钞票,白天两顿美食城,晚上一趟卡拉OK,玩一点小权术,耍一点小聪明,甚至恣睢骄横,飞扬跋扈,昏昏沉沉,浑浑噩噩,等到钻入了骨灰盒，也不明白自己为什么活过一生。

其中不走运的则穷困潦倒，终日为衣食奔波，愁眉苦脸，长吁短叹。即使日子还能过得去的，不愁衣食，能够温饱，然而也终日忙忙碌碌，被困于名缰，被缚于利锁。同样是昏昏沉沉，浑浑噩噩，不知道为什么活过一生。

对这样的芸芸众生，人生的意义与价值从何处谈起呢？

我自己也属于芸芸众生之列，也难免浑浑噩噩，并不比任何人高一丝一毫。如果想勉强找一点区别的话，那也是有的——我，当然还有一些别的人，对人生有一些想法，动过一点脑筋，而且自认这些想法是有点道理的。

我有些什么想法呢？话要说得远一点。当今世界上战火纷飞，人欲横流，"黄钟毁弃，瓦釜雷鸣"，是一个十分不安定的时代。但是，对于人类的前途，我始终是一个乐观主义者。我相信，不管还要经过多少艰难曲折，不管还要经历多少时间，人类总会越变越好的，人类大同之域绝不会仅仅是一个空洞的理想。但是，想要达到这个目的，必须经过无数代人的共同努力。有如接力赛，每一代人都有自己的一段路程要跑。又如一条链子，是由许多环组成的，每一环从本身来看，只不过是微不足道的一点东西；但是没有这一点东西，链子就组不成。在人类社会发展的长河中，我们每一代人都有自己的任务，而且是绝非可有可无的。如果说人生有意义与价值的话，其意义与价值就在这里。

但是，这个道理在人类社会中只有少数有识之士才能理解。鲁迅先生所称之"中国的脊梁",指的就是这种人。对于那些肚子里吃满了肯德基、麦当劳、比萨饼,到头来终不过是浑浑噩噩的人来说,有如夏虫不足以与语冰,这些道理是没法谈的。他们无法理解自己对人类发展所应当承担的责任。

话说到这里,我想把上面说的意思简短扼要地归纳一下:如果人生真有意义与价值的话,其意义与价值就在于对人类发展的承上启下、承前启后的责任感。

1995 年

谈老年

一

我已经到了望九之年,无论怎样说都只能说是老了。但是,除了眼有点不明,耳有点不聪,走路有点晃悠之外,没有什么老相,每天至少还能工作七八个小时。我没有什么老的感觉,有时候还会有点沾沾自喜。

可是我原来并不是这个样子的。

我生来就是一个性格内向、胆小怕事的人。我之所以成为现在这样一个人,完全是环境逼迫出来的。我向无大志。小学毕业后,我连报考赫赫有名的济南省立第一中学的勇气都没有,只报了一个"破正谊"。那种"大丈夫当如是也"的豪言壮语,我认为,只有英雄才能有,与我是不沾边的。

在寿命上,我也是如此。我的第一本账是最多能活到五十岁,因为我的父母都只活到四十几岁,我绝不会超过父母的。然而,不知道怎么一来,五十之年在我身边倏尔而过,没有留下任何痕迹,我也根本没有想到过。接着是中国老百姓最忌讳的两个年龄:

七十三岁，孔子之寿；八十四岁，孟子之寿。这两个年龄也像白驹过隙一般在我身旁飞过，也没有留下任何痕迹，我也根本没有想到过，到了现在，我就要庆祝米寿了。

早在50年代，我才四十多岁，不知为什么突发奇想，想到自己是否能活到21世纪。我生于1911年，必须能活到八十九岁才能见到21世纪，而八十九这个数字对于我这个素无大志的人来说，简直就是个天文数字。我阅读中外学术史和文学史，有一个别人未必有的习惯，就是注意传主的生年卒月，我吃惊地发现，古今中外的大学者和大文学家活到九十岁的简直如凤毛麟角。中国宋代的陆游活到八十五岁，可能就是中国诗人之冠了。胆怯如我者，遥望21世纪，遥望八十九这个数字，有如遥望海上三山，山在虚无缥缈间，可望而不可即了。

陈岱孙先生长我十一岁，是世纪的同龄人。当年在清华时，我是外语系的学生，他是经济系主任兼法学院院长，我们可以说是有师生关系。新中国成立后，很长一段时间，我们俩同在全国政协，而且同在社会科学组，我们可以说又成了朋友，成了忘年交。陈先生待人和蔼，处世谨慎，从不说过分过激的话，但是，对我说话，却是相当随便的。他九十岁的那一年，我还不到八十岁。有一天，他对我说："我并没有感到自己老了。"我当时颇有点吃惊，难道九十岁还不能算是老吗？可是，人生真如电光石火，时间真是转瞬即逝，曾几何时，我自己也快到九十岁了。不可能的事情成为可能了，不可信的事情成为可信了。"此中有真意，欲辩已无言。"奈之何哉！

二

即使自己没有老的感觉,但是老毕竟是一个事实。于是,我也就常常考虑老的问题,注意古今中外诗人、学者涉及老的篇章。在这方面,篇章异常多,内容异常复杂。约略言之,可能有以下几种情况,最普遍最常见的是叹老嗟贫,这种态度充斥于文人的文章中和老百姓的俗话中。老与贫皆非人之所愿,然而谁也回天无力,在万般无奈的情况下,只能叹而且嗟,聊以抒发郁闷而已。其次是故作豪言壮语,表面强硬,内实虚弱。最有名的最为人所称誉的曹操的名作:

老骥伏枥,志在千里。烈士暮年,壮心不已。

初看起来气粗如牛,仔细品味,实极空洞。这有点像在深夜里一个人独行深山野林中故意高声唱歌那样,流露出来的正是内心的胆怯。

对老年这种现象进行平心静气的肌擘理分的文章,在中国好像并不多。最近偶尔翻看杂书,读到了两本书,其中有两篇关于老年的文章,合乎我提到的这个标准,不妨介绍一下。

先介绍古罗马西塞罗(公元前106—公元前43)的《论老年》。他是有名的政治家、演说家和散文家,《论老年》是他的《三论》之一。西塞罗先介绍了一位活到一百零七岁的老人的话:"我并没有觉得老年有什么不好。"这就为本文定了调子。接着他说:"老年之所以被认为不幸福有四个理由:第一是,它使我们不能从事积极的工作；第二是，它使身体衰弱；第三是，它几乎剥夺了我们所有感官上的快乐；第四是，它的下一步就是死。"他接着分析了这些说法有无道理。他逐项进行了细致的分析，并得出了有积极意义的答复。我在这里只想对第四项做一点补充。老年的下一步就是死，这毫无问题。然而，中国俗话说："黄泉路上无老少。"任何年龄的人都可能死的，也可以说，任何人的下一步都是死。最后，西塞罗讲到他自己老年的情况。他编纂《史源》第七卷，搜集资料，撰写论文。他接着说："此外，我还在努力学习希腊文，并且，为了不让自己的记忆力衰退，我仿效毕达哥拉斯派学者的方法，每天晚上把我一天所说的话、所听到或所做的事情再复述一遍，……我很少感到自己丧失体力。……我做这些事情靠的是脑力，而不是体力。即使我身体很弱，不能做这些事情，我也能坐在沙发上享受想象之乐……因为一个总是在这些学习和工作中讨生活的人，是不会察觉自己老之将至的。"

这些话说得多么具体而真实呀。我自己的做法同西塞罗差不多。我总不让自己的脑筋闲着，我总在思考着什么，上至宇宙，下至苍蝇，我无所不想。思考锻炼看似是精神的，其实也是物质的。我之所以不感到老之已至，与此有紧密关联。

三

我现在介绍一下法国散文大家蒙田关于老年的看法，蒙田大名鼎鼎，昭如日月。但是，我对他的散文随笔却有与众不同的看法。

他的随笔极多，他愿意怎样写，就怎样写；愿停就停，愿起就起，颇符合中国一些评论家的意见。我则认为，文章必须惨淡经营，这样松松散散，是没有艺术性的表现。尽管蒙田的思想十分深刻，入木三分，但是，这是哲学家的事。文学家可以有这种本领，但文学家最关键的本领是艺术性。

在《蒙田随笔》中有一篇论西塞罗的文章，意思好像是只说他爱好虚荣，对他的文章则只字未提。《蒙田随笔》三卷集最后一篇随笔是《论年龄》，其中涉及老年。在这篇随笔中，同其他随笔一样，文笔转弯抹角，并不豁亮，有古典，也有"今典"，颇难搞清他的思路。蒙田先讲，人类受大自然的摆布，常遭不测，"老不容易活到预期的寿命"。他说："死是罕见的、特殊的、非一般的。"这话不易理解。下面他又说道："人的活力二十岁时已经充分显露出来。"他还说："人的全部丰功伟业，不管何种何类，不管古今，都是三十岁以前而非以后创立的。"这意见，我认为也值得商榷。最后，蒙田谈到老年："有时是身躯首先衰老，有时也会是心灵。"这是符合实际情况的。蒙田就介绍到这里。

我在上面说到，古今中外谈老年的诗文极多极多，不可能，也不必一一介绍。在这里，我想，有的读者可能要问："你虽然不感老之已至，但是你对老年的态度怎样呢？"

这问题问得好，是地方，也是时候，我不妨回答一下。我是曾经死过一次的人。所谓"死过一次"，只要读过我的《牛棚杂忆》就能明白，不必再细说。总之，从1967年12月以后，我多活一天，就等于多赚了一天，算到现在，我已经多活了，也就是多赚了三十多年了，已经超过了我满意的程度。死亡什么时候来临，对我来说都是无所谓的，我随时准备着开路，而且无悔无恨。我并不像一些魏晋名士那样，表面上放浪形骸，不怕死亡，其实他们的狂诞正是怕死的表现。如果真正认为死亡是微不足道的事，何必费那么大劲装疯卖傻呢？

根据我上面说的那个理由，我自己的确认为死亡是微不足道、极其自然的事。连地球，甚至宇宙有朝一日也会灭亡，戋戋者人类何足挂齿？我是陶渊明的信徒，是听其自然的："应尽便须尽，无复独多虑！"

但是，我还想说明，活下去，我是高兴的。不过，有一个条件，我并不是为活着而活着。我常说，吃饭为了活着，但活着并不是为了吃饭。我对老年的态度约略如此，我并不希望每个人都跟我抱同样的态度。

老年谈老

老年谈老，就在眼前，然而谈何容易！

原因何在呢？原因就在，自己有时候承认老，有时候又不承认，真不知道从何处谈起。

记得很多年以前，自己还不到六十岁的时候，有人称我为"季老"，心中颇有反感，应之逆耳，不应又不礼貌，左右两难，极为尴尬。然而曾几何时，在不知不觉中，渐渐地听得入耳了，有时甚至还有点甜蜜感。自己吃了一惊：原来自己真是老了，而且也承认老了。至于这个大转变是从什么时候开始的，自己有点茫然懵然，我正在推敲而且研究。

不管怎样，一个人承认老是并不容易的。我的一位九十岁出头的老师有一天对我说，他还不觉得老，其他可知了。我认为，在这里关键是一个"渐"字。若干年前，我读过丰子恺先生一篇含有浓厚哲理的散文，讲的就是这个"渐"字。这个字有大神通力，它在人生中的作用绝不能低估。人们有了忧愁痛苦，如果不渐渐地淡化，则一定会活不下去的。人们逢到极大的喜事，如果不渐渐地恢复平静，则必然会忘乎所以，高兴得发狂。人们进入老境，也是逐渐感觉到的。能够感觉到老，其妙无穷。人们渐渐地觉得老了，从积极方面来讲，它能够提醒你：一个人的岁月绝不是取之不尽用之不竭的，应该抓紧时间，把想做的事情做完、做好，免得无常一到，后悔无及。从消极方面来讲，一想到自己的年龄，那些血气方刚时干的勾当就不应该再去硬干。个别喜欢争名于朝、争利于市的人，或许也能收敛一点。老之为用大矣哉！

我自己是怎样对待老年的呢？说来也颇为简单。我虽年届耄耋，内部零件也并不都非常健全，但是我处之泰然。我认为，人上了年纪，有点这样那样的病，是合乎自然规律的，用不着大惊小怪。如果年老了，硬是一点病都没有，人人活上二三百岁甚至更长的时间，那么今日狂呼"老龄社会"者，恐怕连嗓子也会喊哑，而且吓得浑身发抖，连地球也会被压塌的。我不想做长生的梦。我对老年，甚至对人生的态度是道家的。我信奉陶渊明的两句诗：

纵浪大化中，

不喜亦不惧。

这就是我对待老年的态度。

看到我已经有了一把子年纪，好多人都问我："有没有什么长寿秘诀。"我的答复是："我的秘诀就是没有秘诀，或者不要秘诀。"我常常看到有一些相信秘诀的人，禁忌多如牛毛。这也不敢吃，那也不敢尝，比如，吃鸡蛋只吃蛋清，不吃蛋黄，因为据说蛋黄胆固醇高；动物内脏绝不入口，同样因为胆固醇高。有的人吃一个苹果要消三次毒，然后削皮；削皮用的刀子还要消毒，不在话下；削了皮以后，还要消一次毒，此时苹果已经毫无苹果味道，只剩下消毒药水味了。从前有一位化学系的教授，吃饭要仔细计算卡路里的数量，再计算维生素的数量，吃一顿饭用的数学公式之多等于一次实验。结果怎样呢？结果每月饭费超过别人十倍，而人却瘦成一只干巴鸡。一个人到了这个地步，还有什么人生之乐呢？如果再戴上放大百倍的显微镜眼镜，则所见者无非细菌，试问他还能活下去吗？

至于我自己呢，我绝不这样做，我一无时间，二无兴趣。凡是我觉得好吃的东西我就吃，不好吃的我就不吃，或者少吃，卡路里维生素统统见鬼去吧。心里没有负担，胃口自然就好，吃进去的东西都能很好地消化。再辅之以腿勤、手勤、脑勤，自然百病不生了。脑勤我认为尤其重要。如果非要让我讲出一个秘诀不行的话，那么我的秘诀就是：千万不要让脑筋懒惰，脑筋要永远不停地思考问题。

我已年届耄耋，但是，专就北京大学而论，倚老卖老，我还没有资格。在教授中，按年龄排队，我恐怕还要排到二十多位以后。我幻想眼前有一个按年龄顺序排列的向八宝山进军的北大教授队伍。我后面的人当然很多。但是向前看，我还算不上排头，心里颇得安慰，并不着急。可是偏有一些排在我后面的比我年轻的人，风风火火，抢在我前面，越过排头，登上山去。我心里实在非常惋惜，又有点怪他们，今天我国的平均寿命已经超过七十岁，比新中国成立前增加了一倍,你们正在精力旺盛时期,为国效力,正是好时机,为什么非要抢先登山不行呢?这我无法阻拦,恐怕也非本人所愿。不过我已下定决心,绝不抢先加塞。

不抢先加塞活下去目的何在呢?要干些什么事呢?我一向有一个自己认为是正确的看法:人吃饭是为了活着,但活着却不是为了吃饭。到了晚年,更是如此。我还有一些工作要做,这些工作对人民对祖国都还是有利的,不管这个"利"是大是小。我要把这些工作做完,同时还要再给国家培养一些人才。我仍然要老老实实干活,清清白白做人;绝不干对不起祖国和人民的事;要尽量多为别人着想,少考虑自己的得失。人过了八十,金钱富贵等同浮云,要多为下一代操心,少考虑个人名利,写文章绝不剽窃抄袭,欺世盗名。等到非走不行的时候,就顺其自然,坦然离去,无愧于个人良心,则吾愿足矣。

要说的话已经说完,但是我还想借这个机会发点牢骚。我在上面提到"老龄社会"这个词儿。这个概念我是懂得的,有一些措施我也是赞成的。什么干部年轻化,教师年轻化,我都举双手赞成。但是我对报纸上天天大声叫嚷"老龄社会",却有极大的反感。好像人一过六十就成了社会的包袱,成了阻碍社会进步的绊脚石,我看有点危言耸听,不知道用意何在。我自己已是老人,我也观察过许多别的老人。他们中游手好闲者有之,躺在医院里不能动的有之,天天提鸟笼持钓竿者有之,如此等等,不一而足。但这只是少数,并不是老人的全部。还有不少老人虽然已经寿登耄耋,年逾期颐,向着白寿甚至茶寿进军，但仍然勤勤恳恳，焚膏继晷，兀兀穷年，难道这样一些人也算是社会的包袱吗？我倒不一定赞成"姜是老的辣"这样一句话。年轻人朝气蓬勃，是我们未来希望之所在，让他们登上要路津，是完全必要的。但是对老年人也不必天天絮絮叨叨，耳提面命："你们已经老了！你们已经不行了！对老龄社会的形成你们不能辞其咎呀！"这样做有什么用处呢？随着生活的日益改善，人们的平均寿命还要提高，将来老年人在社会中所占的比例还要提高。即使你认为这是一件坏事，你也没有法子改变。听说从前钱玄同先生主张，人过四十一律枪毙。这只是愤激之辞，有人作诗讽刺他自己也活过了四十而照样活下去。我们有人老是为社会老龄化担忧，难道能把六十岁以上的人统统赐自尽吗？老龄化同人口多不是一码事。老龄化是自然趋势，而且无法制止。既然无法制止，就不必瞎嚷，这是徒劳无益的。我总怀疑，"老龄化"这玩意儿也是从外国进口的舶来品。西方人有同我们不同的伦理概念。我们大可以不必东施效颦。质诸高明，以为如何？

牢骚发完，文章告终，过激之处，万望包容。

1991 年 7 月 15 日

老年四"得"

著名的历史学家周一良教授,在他去世前的一段时间内,在一些公开场合,讲了他的或者他听到的老年健身法门。每一次讲,他都是眉开眼笑、眉飞色舞,十分投入。他讲了四句话:"吃得进,拉得出,睡得着,想得开。"这话我曾听过几次。我在心里第一个反应是:这有什么好讲的呢?不就是这样子吗?

一良先生不幸逝世以后,迫使我时常想到一些与他有关的事情,以上四句话,四个"得",当然也在其中。我越想越觉得,这四句话确实很平凡,但是,人世间真正的真理不都是平凡的吗?真理蕴藏于平凡中,世事就是如此。

前三句话,就是我们所说的吃喝拉撒睡那一套,是每一个人每天都必须处理的,简直没有什么还值得考虑和研究的价值,但这是年轻人和某一些中年人的看法。当年我在清华大学读书的时候,从来没想到这四个"得"的问题,因为它们不成问题。当时听说一个个子高大的同学患失眠症,我大惊失色。我睡觉总是睡不够的,一个人怎么会失眠呢?失眠对我来说简直像是一个神话。至于吃和拉,更是不在话下。

每一顿饭,如果少吃了一点,则不久就感到饿意。二战期间我在德国时,饿得连地球都想吞下去(借用俄国文豪果戈理《巡按使》中的话)。有一次下乡帮助农民摘苹果,得到四五斤土豆,我回家后一顿吃光,幸而没有撑死。怎么能够吃不下呢?直到八十岁,拉对我也从来没有成为问题。

可是,"如今一切都改变"。前三个"得",对我都成问题了。三天两头,总要便秘一次。吃了三黄片或果导,则立即变为腹泻。弄得我束手无策,不知所措。至于吃,我可以说,现在想吃什么就有什么。然而有时却什么也不想吃。偶尔有点饿意,便欣喜若狂,昭告身边的朋友们:"我害饿了!"睡眠则多年来靠舒乐安定过日子。不值一提了。

我认为,周一良先生的四"得"的要害是第四个,也就是"想得开"。人,虽自称为"万物之灵",对于其他生物可以任意杀害,也并不总是高兴的。常言道:"不如意事常八九,可与人言无二三。"这两句话对谁都适合。连叱咤风云的君王和大独裁者,以及手持原子弹吓唬别的民族的新法西斯头子,也不会例外。对待这种情况,万应神药只有一味,就是想得开。可惜绝大多数人做不到。尤其是我提到的三种人。他们想不开,也根本不想想得开。最后只能成为不齿于人类的狗屎堆。

想不开的事情很多,但统而言之不出名利二字,所谓"名缰利索"者便是。世界上能有几人真正逃得出这个缰和这条索?对于我们知识分子,名缰尤其难逃。逃不出的前车之鉴比比皆是。周一良先生的第四"得",我们实在应深思。它不但适用于老年人,对中青年人也同样适用。

2002年6月16日

老年十忌

我已经在本栏写过谈老年的文章,意犹未尽,再写"十忌"。

忌,就是禁忌,指不应该做的事情。人的一生,都有一些不应该做的事情,这是共性。老年是人生的一个阶段,有一些独特的不应该做的事情,这是特性,老年禁忌不一定有十个。我因受传统的"十全大补""某某十景"之类的"十"字迷的影响,姑先定为十个。将来或多或少,现在还说不准。骑驴看唱本,走着瞧吧。

一忌:说话太多

说话,除了哑巴以外,是每人每天必有的行动。有的人喜欢说话,有的人不喜欢,这决定于一个人的秉性,不能强求一律。我在这里讲忌说话太多,并没有"祸从口出"或"金人三缄其口"的含义。说话惹祸,不在话多话少,有时候,一句话就能惹大祸。口舌惹祸,也不限于老年人,中年和青年都可能由此致祸。

我先举几个例子。

某大学有一位老教授,道德文章,有口皆碑。虽年逾耄耋,而思维敏锐,说话极有条理。不足之处是:一旦开口,就如悬河泄水,滔滔不绝;又如开了闸,再也关不住,水不断涌出。在那个大学里流传着一个传说:在学校召开的会上,某老一开口发言,有的人就退席回家吃饭,饭后再回到会场,某老谈兴正浓。据说有一次博士生答辩会,规定开会时间为两个半小时,某老参加,一口气讲了两个小时,这个会会是什么结果,答辩委员会的主席会有什么想法和措施,他会怎样抓耳挠腮,坐立不安,概可想见了。

另一个例子是一位著名的敦煌画家。他年轻的时候,头脑清楚,并不喜欢说话。一进入老境,脾气大变,也许还有点老年痴呆症的原因,说话既多又不清楚。有一年,在北京国家图书馆新建的大礼堂中召开中国敦煌吐鲁番学会的年会,开幕式必须请此老讲话。我们都知道他有这个毛病,预先请他夫人准备了一个发言稿,简捷而扼要,塞入他的外衣口袋里,再三叮嘱他,念完就退席。然而,他一登上主席台就把此事忘得一干二净,摆开架子,开口讲话,听口气是想从开天辟地讲起,如果讲到那一天的会议,中间至少有三千年的距离,主席有点沉不住气了。我们连忙采取紧急措施,把他夫人请上台,从他口袋里掏出发言稿,让他照念,然后下台如仪,会议才得以顺利进行。

类似的例子还可以举出一些来,我不再举了。根据我个人的观察,不是每一个老人都有这个小毛病,有的人就没有。我说它是"小毛病",其实并不小。试问,我上面举出的开会的例子,难道那还不会制造极为尴尬的局面吗?当然,话又说了回来,爱说长话的人并不限于老年，中青年都有，不过以老年为多而已。因此，我编了四句话，奉献给老人：年老之人，血气已衰；煞车失灵，戒之在说。

二忌：倚老卖老

50年代和60年代前期，周恩来招待外宾后，有时候会把参加招待的中国同志在外宾走后留下来，谈一谈招待中有什么问题或纰漏，有点总结经验的意味。这时候刚才外宾在时严肃的场面一变而为轻松活泼，大家都争着发言，谈笑风生，有时候一直谈到深夜。

有一次，总理发言时使用了中国常见的"倚老卖老"这个词儿。翻译一时有点迟疑，不知道怎样恰如其分地译成英文。总理注意到了，于是在客人走后就留下中国同志，议论如何翻译好这个词儿。大家七嘴八舌，最终也没能得出满意的结论。我现在查了两部《汉英词典》，都把这个词儿译为"To take advantage of one's seniority or old age"，意思是利用自己的年老，得到某一些好处，比如脱落形迹之类。我认为基本能令人满意的；但是"达到脱落形迹的目的"，似乎还太狭隘了一点，应该是"达到对自己有利的目的"。

人世间确实不乏"倚老卖老"的人，学者队伍中更为常见。眼前请大家自己去找。我讲点过去的事情，故事就出在清吴敬梓的《儒林外史》中。吴敬梓有刻画人物的天才，着墨不多，而能活灵活现。第十八回，他写了两个时文家。胡三公子请客：

四位走进书房，见上面席间先坐着两个人，方巾白须，大模大样,见四位进来,慢慢立起身。严贡生认得,便上前道:"卫先生、随先生都在这里,我们公揖。"当下作过了样,请诸位坐。那卫先生、随先生也不谦让,仍旧上席坐了。

倚老卖老,架子可谓十足。然而本领却并不怎么样,他们的诗,"且夫""尝谓"都写在内,其余也就是文章批语上采下来的几个字眼。一直到今天,倚老卖老,摆老架子的人大都如此。

平心而论,人老了,不能说是什么好事,老态龙钟,惹人厌恶;但也不能说是什么坏事。人一老,经验丰富,识多见广。他们的经验,有时会对个人甚至对国家是有些用处的。但是,这种用处是必须经过事实证明的,自己一厢情愿地认为有用处,是不会取信于人的。另外,根据我个人的体验与观察,一个人,老年人当然也包括在里面,最不喜欢别人瞧不起他。一感觉到自己受了怠慢,心里便不是滋味,甚至怒从心头起,拂袖而去。有时闹得双方都不愉快,甚至结下怨仇。这是完全要不得的。一个人受不受人尊敬,完全决定了你有没有值得别人尊敬的地方。在这里,摆架子,倚老卖老,都是枉然的。

三忌:思想僵化

人一老,在生理上必然会老化;在心理上或思想上,就会僵化。此事理之所必然,不足为怪。要举典型,有鲁迅的九斤老太在。

从生理上来看,人的躯体是由血、肉、骨等物质的东西构成的,是物质的东西就必然要变化、老化,以至消逝。生理的变化和老化必然影响心理或思想,这是无法抗御的。但是,变化、老化或僵化却因人而异,并不能一视同仁。有的人早,有的人晚;有的人快,有的人慢。所谓老年痴呆症,只是老化的一个表现形式。

空谈无补于事,试举一标本,加以剖析。远在天边,近在眼前,标本就是我自己。

我已届九旬高龄,古今中外的文人能活到这个年龄者只占极少数。我不相信这是由于什么天老爷、上帝或佛祖的庇佑,而是享了新社会的福。现在,我目虽不太明,但尚能见物;耳虽不太聪,但尚能闻声。看来距老年痴呆和八宝山还有一段距离,我也还没有这样的计划。

但是,思想僵化的迹象我也是有的。我的僵化同别人或许有点不同:它一半自然,一半人为;前者与他人共之,后者则为我所独有。

我不是九斤老太一党,我不但不认为"一代不如一代",而且确信"雏凤清于老凤声"。可是最近几年来,一批"新人类"或"新新人类"脱颖而出,他们好像是一批外星人,他们的思想和举止令我迷惑不解,惶恐不安。这算不算是自然的思想僵化呢?

至于人为的思想僵化,则多一半是一种逆反心理在作祟。就拿穿中山装来做例子,我留德十年,当然是穿西装的。新中国成立以后,我仍然有时改着西装。可是改革开放以来,不知从哪吹来了一股风,一夜之间,西装遍神州大地矣。我并不反对穿西装,但我不承认西装就是现代化的标志,而且打着领带锄地,我也觉得滑稽可笑。于是我自己就"僵化"起来,从此再不着西装,国内国外,大小典礼,我一律蓝色卡其布中山装一袭,以不变应万变矣。

还有一个"化",我不知道怎样称呼它。世界科技进步,一日千里,没有科技,国难以兴,事理至明,无待赘言。科技给人类带来的幸福,也是有目共睹的。但是,它带来了危害,也无法掩饰。世界各国现在都惊呼环保,环境污染难道不是科技发展带来的吗?犹有进者。我突然感觉到,科技好像是龙虎山张天师镇妖瓶中放出来的妖魔,一旦放出来,你就无法控制。只就克隆技术一端言之,将来克隆人,指日可待。一旦实现,则人类社会迄今行之有效的法律准则和伦理规范,必遭破坏。将来的人类社会变成什么样的社会呢?我有点不寒而栗。这似乎不尽属于"僵化"范畴,但又似乎与之接近。

四忌:不服老

服老,《现代汉语词典》的解释为"承认年老",可谓简明扼要。人上了年纪,是一个客观事实,服老就是承认它,这是唯物主义的态度。反之,不承认,也就是不服老倒迹近唯心了。

中国古代的历史记载和古典小说中,不服老的例子不可胜数,尽人皆知,无须列举。但是,有一点我必须在这里指出来:古今论者大都为不服老唱赞歌,这有点失于偏颇,绝对地无条件地赞美不服老,有害无益。

空谈无补,举几个实例,包括我自己。

1949年春夏之交,解放军进城还不太久,忘记了是出于什么原因,毛泽东的老师徐特立约我在他下榻的翠明庄见面。我准时赶到,徐老当时年已过八旬,从楼上走下,卫兵想去扶他,他却不停地用胳膊肘搗卫兵的双手,一股不服老的劲头至今给我留下了难忘的印象。

再一个例子是北大20年代的教授陈翰笙先生。陈先生生于1896年,跨越了三个世纪,至今仍然健在。他晚年病目失明,但这丝毫也没有影响了他的活动,有会必到。有人去拜访他,他必把客人送到电梯门口。有时还会对客人伸一伸胳膊,踢一踢腿,表示自己有的是劲。前几年,每天还安排时间教青年英文,分文不取。这样的不服老我是钦佩的。

也有人过于服老。年不到五十,就不敢吃蛋黄和动物内脏,怕胆固醇增高。这样的超前服老,我是不敢钦佩的。

至于我自己,我先讲一段经历。是在1995年,当时我已经达到了八十四岁高龄。然而我却丝毫没有感觉到,不知老之已至,正处在平生写作的第二个高峰中。每天跑一趟大图书馆,几达两年之久,风雪无阻。我已经有点忘乎所以了。一天早晨,我照例四点半起床,到东边那一单元书房中去写作。一转瞬间,肚子里向我发出信号:该填一填它了。一看表,已经六点多了。于是我放下笔,准备回西房吃早点。可是不知是谁把门从外面锁上了,里面开不开。我大为吃惊,回头看到封了顶的阳台上有一扇玻璃窗可以打开。我于是不假思索,立即开窗跳出,从窗口到地面约有一米八高。我一堕地就跌了一个大马趴,脚后跟有点痛。旁边就是洋灰台阶的角,如果脑袋碰上，后果真不堪设想，我后怕起来了。我当天上下午都开了会，第二天又长驱数百里到天津南开大学去做报告。当时脚已经肿了起来。第三天，到校医院去检查，左脚跟有点破裂。

我这样的不服老，是昏聩糊涂的不服老，是绝对要不得的。

我在上面讲了不服老的可怕，也讲到了超前服老的可笑。然则何去何从呢？我认为，在战略上要不服老，在战术上要服老，二者结合，庶几近之。

五忌：无所事事

这是一个比较复杂的问题，必须细致地加以分析，区别对待，不能一概而论。

达官显宦，在退出政治舞台之后，幽居府邸，"庭院深深深几许"，我辈槛外人无法窥知，他们是无所事事呢，还是有所事事，无从谈起，姑存而不论。

富商大贾，一旦钱赚够了，年纪老了，把事业交给儿子、女儿或女婿，他们是怎样度过晚年的，我们也不得而知，我们能知道的只是钞票不能拿来炒着吃。这也姑且存而不论。

说来说去，我所能够知道的只是工、农和知识分子这些平头老百姓。中国古人说："一事不知，儒者之耻。"今天，我这个"儒者"却无论如何也没有胆量说这样的大话。我只能安分守己，夹起尾巴来做人，老老实实地只谈论老百姓的无所事事。

我曾到过承德，就住在避暑山庄对面的一个旅馆里。每天清晨出门散步，总会看到一群老人，手提鸟笼，把笼子挂在树枝上，自己则分坐在山庄门前的石头上，"闲坐说玄宗"。一打听，才知道他们多是旗人，先人是守卫山庄的八旗兵，而今老了，无所事事，只有提鸟笼子。试思：他们除了提鸟笼子外还能干什么呢？他们这种无所事事，不必探究。

北大也有一批退休的老工人，每日以提鸟笼为业。过去他们常聚集在我住房附近的一座石桥上，鸟笼也是挂在树枝上，笼内鸟儿放声高歌，清脆嘹亮。我走过时，也禁不住驻足谛听，闻而乐之。这一群工人也可以说是无所事事，然而他们又怎样能有所事事呢？

现在我只能谈我自己也是其中一分子，因而我最了解情况的知识分子。国家给年老的知识分子规定了退休年龄，这是合情合理的、应该感激的。但是，知识分子行当不同，身体条件也不相同。是否能做到老有所为，完全取决于自己，而不取决于政府。自然科学和技术，我不懂，不敢瞎说。至于人文社会科学，我则颇为熟悉。一般说来，社会科学的研究不靠天才火花一时的迸发，而靠长期积累。一个人到了六十多岁退休的关头，往往正是知识积累和资料积累达到炉火纯青的时候。一旦退下，对国家和个人都是一个损失。有进取心、有干劲者，可能还会继续干下去的。可是大多数人则无所事事。我在南北几个大学中都听到了有关"散步教授"的说法，就是一个退休教授天天在校园里溜达，成了全校著名的人物。我没同"散步教授"谈过话，不知道他们是怎样想的。估计他们也不会很舒服。锻炼身体，未可厚非。但是，整天这样"锻炼"，不也太乏味、太单调了吗？学海无涯，何妨再跳进去游泳一番，再扎上两个猛子，不也会身心两健吗？蒙田说得好："如果大脑有事可做，有所制约，它就会在想象的旷野里驰骋，有时就会迷失方向。"

六忌：提当年勇

我做了一个梦。

我驾着祥云或别的什么云，飞上了天宫，在凌霄宝殿多功能厅里，参加了一个务虚会。第一个发言的是项羽。他历数早年指挥雄师数十万，横行天下，各路诸侯皆俯首称臣，他是诸侯盟主，颐指气使，没有敢违抗者。鸿门设宴，吓得刘邦像一只小耗子一般。说到尽兴处，手舞足蹈，唾沫星子乱溅。这时忽然站起来了一位天神，问项羽："四面楚歌，乌江自刎，是怎么一回事呀？"项羽立即垂下了脑袋，仿佛是一个泄了气的皮球。

第二个发言的是吕布，他手握方天画戟，英气逼人。他放言高论，大肆吹嘘自己怎样戏貂蝉，杀董卓，为天下人民除害；虎牢关力敌关、张、刘三将，天下无敌。正吹得眉飞色舞，一名神仙忽然高声打断了他的发言："白门楼上向曹操下跪，恳求饶命，大耳贼刘备一句话就断送了你的性命，是怎么一回事呢？"吕布面色立变，流满了汗，立即下台，像一只斗败了的公鸡。

第三个发言的是关羽。他久处天宫，大地上到处都有关帝庙，房子多得住不过来。他威仪俨然，放不下神架子。但发言时，一谈到过五关斩六将，用青龙偃月刀挑起曹操捧上的战袍时，便不禁圆睁丹凤眼，猛抖卧蚕眉，兴致淋漓，令人肃然。但是又忽然站起了一位天官，问道："夜走麦城是怎么一回事呢？"关公立即放下神架子，神色仓皇，脸上是否发红，不得而知，因为他的脸本来就是红的。他跳下讲台，在天宫里演了一出夜走麦城。

我听来听去，实在厌了，便连忙驾祥云回到大地上，正巧落在绍兴，又正巧阿Q被小D抓住辫子往墙上猛撞，阿Q大呼："我从前比你阔得多了！"可是小D并不买账。

谁一看都能知道，我的梦是假的。但是，在芸芸众生中，特别是在老年人中，确有一些人靠自夸当年勇来过日子。我认为，这也算是一种自然现象。争胜好强也许是人类的一种本能。但一旦年老，争胜有心，好强无力，便难免产生一种自卑情结。可又不甘心自卑，于是只有自夸当年勇一途，可以聊以自慰。对于这种情况，别人是爱莫能助的。"解铃还须系铃人"，只有自己随时警惕。

现在有一些得了世界冠军的运动员有一句口头禅：从零开始。意思是，不管冠军或金牌多么灿烂辉煌，一旦到手，即成过去，从现在起又要从零开始了。

我觉得，从零开始是唯一正确的想法。

七忌：自我封闭

这里专讲知识分子，别的界我不清楚。但是，行文时也难免涉及社会其他阶层。

中国古人说："人生识字忧患始。"其实不识字也有忧患。道家说，万物方生方死。人从生下的一刹那开始，死亡的历程也就开始了。这个历程可长可短，长可能到一百年或者更长，短则几个小时，几天，少年夭折者有之，英年早逝者有之，中年弃世者有之，好不容易，跌跌撞撞，坎坎坷坷，熬到了老年，早已心力交瘁了。

能活到老年，是一种幸福，但也是一种灾难。并不是每一个人都能活到老年，所以说是幸福，但是老年又有老年的难处，所以说是灾难。

老年人最常见的现象或者灾难是自我封闭。封闭，有行动上的封闭，有思想感情上的封闭，形式和程度又因人而异。老年人有事理广达者，有事理欠通达者。前者比较能认清宇宙万物以及人类社会发展的规律，了解到事物的改变是绝对的，不变是相对的，千万不要要求事物永恒不变。后者则相反，他们要求事物永恒不变；即使变，也是越变越坏，上面讲到的九斤老太就属于此类人。这一类人，即使仍然活跃在人群中，但在思想感情方面，他们却把自己严密地封闭起来了。这是最常见的一种自我封闭的形式。

空言无益，试举几个例子。

我在高中读书时，有一位教经学的老师，是前清的秀才或举人。五经和四书背得滚瓜烂熟，据说还能倒背如流。他教我们《书经》和《诗经》，从来不带课本，业务是非常熟练的。

可学生并不喜欢他。因为他张口闭口："我们大清国怎样怎样。"学生就给他起了一个诨名"大清国"，他真实的姓名反隐而不彰了。我们认为他是老顽固，他认为我们是新叛逆。我们中间不是代沟，而是万丈深渊,是他把自己完全封闭起来了。

再举一个例子。我有一位老友,写过新诗,填过旧词,毕生研究中国文学史,都达到了相当高的水平。他为人随和,性格开朗,并没有什么乖僻之处。可是,到了最近几年,突然产生了自我封闭的现象,不参加外面的会,不大愿意见人,自己一个人在家里高声唱歌。我曾几次以老友的身份,劝他出来活动活动,他都婉言拒绝。他心里是怎样想的,至今对我还是一个谜。

我认为,老年人不管有什么形式的自我封闭现象,都是对个人健康不利的。我奉劝普天下老年人力矫此弊。同青年人在一起,即使是"新新人类"吧,他们身上的活力总会感染老年人的。

八忌:叹老嗟贫

叹老磋贫,在中国的读书人中,是常见的现象,特别是所谓怀才不遇的人们中,更是特别突出。我们读古代诗文,这样的内容随时可见。在现代的知识分子中,这种现象比较少见了,难道这也是中国知识分子进化或进步的一种表现吗?

我认为,这是一个十分值得研究的课题。它是中国知识分子学和中西知识分子比较学的重要内容。

我为什么又拉扯上了西方知识分子呢?因为他们与中国的不同,是现成的参照系。

西方的社会伦理道德标准同中国不同,实用主义色彩极浓。一个人对社会有能力做贡献,社会就尊重你。一旦人老珠黄,对社会没有用了，社会就丢弃你，包括自己的子孙也照样丢弃了你，社会舆论不以为忤。当年我在德国哥廷根时，章士钊的夫人也同儿子住在那里，租了一家德国人的三楼居住。我去看望章伯母时，走过二楼，经常看到一间小屋关着门，门外地上摆着一碗饭，一丝热气也没有。我最初认为是喂猫或喂狗用的。后来一打听，才知道是给小屋内卧病不起的母亲准备的饭菜。同时，房东还养了一条大狼狗，一天要吃一斤牛肉。这种天上人间的情况无人非议，连躺在小屋内病床上的老太太大概也会认为所有这一切都是顺理成章的吧。

在这种狭隘的实用主义大潮中，西方的诗人和学者极少极少写叹老嗟贫的诗文。同中国比起来，简直不成比例。

在中国，情况则大大地不同。中国知识分子一向有"学而优则仕"的传统。过去一千多年以来，仕的途径只有一条，就是科举。"千军万马过独木桥"，所有的读书人都拥挤在这一条路上，从秀才举人向上爬，爬到进士参加殿试，僧多粥少，极少数极幸运者可以爬完全程，"仕宦而至将相，富贵而归故乡"，达到这个目的万中难得一人。大家只要读一读《儒林外史》，便一目了然。在这样的情况下，倘若科举不利，老而又贫，除了叹老嗟贫以外，实在无路可走了。古人说："诗必穷而后工。"其中"穷"字也有科举不利这个含义。古代大官很少有好诗文传世，其原因实在耐人寻味。

今天，时代变了。但是"学而优则仕"的幽灵未泯，学士、硕士、博士、院士代替了秀才、举人、进士、状元。骨子里并没有大变。在当今知识分子中，一旦有了点成就，便立即披上一顶乌纱帽，这现象难道还少见吗?

今天的中国社会已能跟上世界潮流,但是,封建思想的残余还不容忽视。我们都要加以警惕。

九忌:老想到死

好生恶死,为所有生物之本能。我们只能加以尊重,不能妄加评论。

作为万物之灵的人,更是不能例外。俗话说:"黄泉路上无老少。"可是人一到了老年,特别是耄耋之年,离那个长满了野百合花的地方越来越近了,此时常想到死,更是非常自然的。

今人如此,古人何独不然!中国古代的文学家、思想家、骚人、墨客大都关心生死问题。根据我个人的思考,各个时代是颇不相同的。两晋南北朝时期似乎更为关注。粗略地划分一下,可以分为三派。第一派对死十分恐惧,而且十分坦荡地说了出来。这一派可以江淹为代表。他的《恨赋》一开头就说:"试望平原,蔓草萦骨,拱木敛魂。人生到此,天道宁论?"最后几句话是:"自古皆有死。莫不饮恨而吞声!"话说得再清楚不过了。

第二派可以"竹林七贤"为代表。《世说新语·任诞等二十三》第一条就讲到阮籍、嵇康、山涛、刘伶、阮咸、向秀和王戎"常集于竹林之中,肆意酣畅"。这是一群酒徒。其中最著名的刘伶命人荷锹跟着他,说:"死便埋我!"对死看得十分豁达。实际上,情况正相反,他们怕死怕得发抖,聊作姿态以自欺欺人耳。其中当然还有逃避残酷的政治迫害的用意。

第三派可以陶渊明为代表。他的意见具见他的诗《神释》中。诗中有这样的话："老少同一死，贤愚无复数。日醉或能忘，将非促龄具！立善常所欣，谁当为汝誉？甚念伤吾生，正宜委运去。纵浪大化中，不喜亦不惧。应尽便须尽，无复独多虑。"他反对酗酒麻醉自己，也反对常想到死。我认为，这是最正确的态度。最后四句诗成了我的座右铭。

我在上面已经说到，老年人想到死，是非常自然的。关键是：想到以后，自己抱什么态度。惶惶不可终日，甚至饮恨吞声，最要不得，这样必将成陶渊明所说的"促龄具"。最正确的态度是顺其自然，泰然处之。

鲁迅不到五十岁，就写了有关死的文章。王国维则说："五十之年，只欠一死。"结果投了昆明湖。我之所以能泰然处之，有我的特殊原因。"十年浩劫"中，我已走到过死亡的边缘上，一个千钧一发的偶然性救了我。从那以后，多活一天，我都认为是多赚的。因此就比较能对死从容对待了。

我在这里诚挚奉劝普天之下的年老又通达事情的人，偶尔想一下死，是可以的，但不必老想。我希望大家都像我一样，以陶渊明《神释》诗最后四句为座右铭。

十忌：愤世嫉俗

愤世嫉俗这个现象，没有时代的限制，也没有年龄的限制。古今皆有，老少具备，但以年纪大的人为多。它对人的心理和生理都会有很大的危害，也不利于社会的安定团结。

世事发生必有其因。愤世嫉俗的产生也自有其原因。归纳起来，约有以下诸端：

首先，自古以来，任何时代，任何朝代，能完全满足人民大众的愿望者，绝对没有。不管汉代的文景之治怎样美妙，唐代的贞观之治和开元之治怎样理想，宫廷都难免腐败，官吏都难免贪污，百姓就因而难免不满，其尤甚者就是愤世嫉俗。

其次，"学而优则仕"达不到目的，特别是科举时代名落孙山者，人不在少数，必然愤世嫉俗。这在中国古代小说中可以找出不少的典型。

再次，古今中外都不缺少自命天才的人。有的真有点天才或者才干，有的则只是个人妄想，但是别人偏不买账，于是就愤世嫉俗。其尤甚者，如西方的尼采要"重新估定一切价值"，又如中国的徐文长。结果无法满足，只好自己发了疯。

最后，也是最常见的，对社会变化的迅猛跟不上，对新生事物看不顺眼，是九斤老太一党。九斤老太不识字，只会说："一代不如一代。"识字的知识分子，特别是老年人，便表现为愤世嫉俗，牢骚满腹。

以上只是一个大体的轮廓，不足为据。

在中国文学史上,愤世嫉俗的传统,由来已久。《楚辞》的"黄钟毁弃,瓦釜雷鸣"等语就是最早的证据之一。以后历代的文人多有愤世嫉俗之作,形成了知识分子性格上的一大特点。

我也算是一个知识分子,姑以我自己为麻雀,加以剖析。愤世嫉俗的情绪和言论,我也是有的。但是,我又有我自己的表现方式。我往往不是看到社会上的一些不正常现象而牢骚满腹、怪话连篇,而是迷惑不解、惶恐不安。我曾写文章赞美过代沟,说代沟是人类进步的象征。这是我真实的想法。可是到了目前,我自己也傻了眼,横亘在我眼前的像我这样老一代人和一些"新人类""新新人类"之间的代沟,突然显得其阔无限、其深无底,简直无法逾越了,仿佛把人类历史断成了两截。我感到恐慌,我不知道这样发展下去将伊于胡底。我个人认为,这也是愤世嫉俗的一种表现形式,是要不得的,可我一时又改变不过来,为之奈何!

我不知道,与我想法相同或者相似的有没有人在,有的话,究竟有多少人。我想来想去,觉得还是毛泽东的两句诗好:"牢骚太盛防肠断,风物常宜放眼量。"

2000 年 2 月 22 日

长寿之道

我已经到了望九之年,可谓长寿矣。因此经常有人向我询问长寿之道,养生之术。

我敬谨答曰:"养生无术是有术。"

这话看似深奥,其实极为简单明了。我有两个朋友,十分重视养生之道。每天锻炼身体,至少要练上两个钟头。曹操诗曰:"对酒当歌,人生几何?"人生不过百年,每天费上两个钟头,统计起来,要有多少钟头啊!利用这些钟头,能做多少事情呀!如果真有用,也还罢了。他们二人,一个先我而走,一个卧病在家,不能出门。

因此,我首创了三"不"主义——不锻炼,不挑食,不嘀咕,名闻全国。

我这个三"不"主义,容易招误会,我现在利用这个机会解释一下。我并不绝对反对适当的体育锻炼,但不要过头。一个人如果天天望长寿如大旱之望云霓,而又绝对相信体育锻炼,则此人心态恐怕有点失常,反不如顺其自然为佳。

至于不挑食，其心态与上面相似。常见有人年才逾不惑，就开始挑食，蛋黄不吃，动物内脏不吃，每到吃饭，战战兢兢，如履薄冰，窘态可掬，看了令人失笑。以这种心态而欲求长寿，岂非南辕而北辙！

我个人认为，第三点最为重要。对什么事情都不嘀嘀咕咕，心胸开朗，乐观愉快，吃也吃得下，睡也睡得着，有问题则设法解决之，有困难则努力克服之，绝不视芝麻绿豆大的窘境如苏迷庐山般大，也绝不毫无原则随遇而安，绝不玩世不恭。"应尽便须尽，无复独多虑。"有这样的心境，焉能不健康长寿？

我现在还想补充一点，很重要的一点。根据我个人七八十年的经验，一个人绝不能让自己的脑筋投闲置散，要经常让脑筋活动着。根据外国一些科学家的实验结果，"用脑伤神"的旧说法已经不能成立，应改为"用脑长寿"。人的衰老主要是脑细胞的死亡。中老年人的脑细胞虽然天天死亡，但人一生中所启用的脑细胞只占细胞总量的四分之一，而且在活动的情况下，每天还有新的脑细胞产生。只要脑筋的活动不停止，新生细胞比死亡细胞数目还要多。勤于动脑筋，则能经常保持脑中血液的流通状态，而且能通过脑筋协调控制全身的功能。

我过去经常说："不要让脑筋闲着。"我就是这样做的。结果是有人说我"身轻如燕，健步如飞"。这话有点过了头，反正我比同年龄人要好些，这却是真的。原来我并没有什么科学根据，只能算是一种朴素的直觉。现在读报纸，得到了上面认识。在沾沾自喜之余，谨做补充如上。

　　这就是我的"长寿之道"。

1997 年 10 月 29 日

长生不老

长生不老,过去中国历史上,颇有一些人追求这个境界。那些炼丹服食的老道们不就是想"丹成入九天"吗?结果却是"服食求神仙,多为药所误",最终还是翘了辫子。

最积极的应该数那些皇帝老爷子。他们骑在人民头上,作威作福,后宫里还有佳丽三千,他们能舍得离开这个世界吗?于是千方百计,寻求不老之术。最著名的有秦皇、汉武、唐宗、宋祖——这后一位情况不明,为了凑韵,把他拉上了——最后都还是宫车晚出,龙驭上宾了。

我常想,现代人大概不会再相信了。然而,前几天阅报说,有的科学家正在致力于长生不老的研究。我心中立刻一闪念,假如我晚生八十年,现在年龄九岁,说不定还能赶上科学家们研究成功,我能分享一份。但我立刻又一闪念,觉得自己十分可笑。自己不是标榜豁达吗?"应尽便须尽,无复独多虑。"原来那是自欺欺人。老百姓说:"好死不如赖活着。"我自己也属于"赖"字派。

我有时候认为,造化小儿创造出人类来,实在是多此一举。如果没有人类，世界要比现在安静祥和得多了。可造化小儿也立了一功：他不让人长生不老。否则，如果人人都长生不老，我们今天会同孔老夫子坐在一条板凳上，在长安大戏院里欣赏全本的《四郎探母》，那是多么可笑而不可思议的情景啊！我继而又一想，如果五千年来人人都不死，小小的地球上早就承担不了了。所以我们又应该感谢造化小儿。

在对待生命问题上，中国人与印度人迥乎不同。中国人希望转生，连唐明皇和杨贵妃不也是希望"生生世世为夫妻"吗？印度人则在笃信轮回转生之余，努力寻求跳出轮回的办法。以佛教而论，小乘终身苦修，目的是想达到涅槃。大乘顿悟成佛，目的也无非是想达到涅槃。涅槃者，圆融清静之谓，这个字的原意就是"终止"，终止者，跳出轮回不再转生也。中印两国人民的心态，在对待生死大事方面，是完全不同的。

据我个人的看法，人一死就是涅槃，不用你苦苦去追求，那种追求是"可怜无补费工夫"。在亿万年地球存在的期间，一个人只能有一次生命。这一次生命是万分难得的。我们每一个人都必须认识到这一点，切不可掉以轻心。尽管人的寿夭不同，但这是人们自己无能为力的。不管寿长寿短，都要尽力实现这仅有的一次生命的价值。多体会民胞物与的意义，使人类和动植物都能在仅有的一生中过得愉快、过得幸福、过得美满、过得祥和。

2000年10月7日凌晨一挥而就

养生无术是有术

黄伟经兄来信，为《羊城晚报·健与美副刊》向我索稿。他要我办的事，我一向是敬谨遵命的，这一次也不能例外。但是，健美双谈，我确有困难。我老态龙钟，与美无缘久矣，美是无从谈起了。至于健嘛，却是能谈一点的。

我年届耄耋，慢性病颇有一些。但是，我认为，这完全符合规律，从不介意。现在身躯顽健，十里八里，抬腿就到。每天仍工作七八个小时，论文每天也能写上几千字，毫不含糊。别人以此为怪，我却颇有点沾沾自喜。小友粟德金在 *China Daily* 上写文章，说我有点忘记了自己的年龄。他说到了点子上。我虽忘记了年龄，但却没有忘乎所以，胡作非为。我还是有点自知之明的。

在这样的情况下，很多人总要问我有什么养生之术，有什么秘诀。我的回答是："没有秘诀，也从来不追求什么秘诀。"我有一个三"不"主义，这就是：不锻炼，不挑食，不嘀咕。这需要解释一下。所谓"不锻炼"，绝不是一概反对体育锻炼，我只是反对那些"锻炼主义者"。对他们来说，天地，一锻炼也，人生，一锻炼也。

我觉得，人生的意义与价值就在于工作。工作必须有健康的体魄，但更重要的是，必须有时间。如果大部分时间都用于体育锻炼，这有什么意义呢？至于"不挑食"，那容易了解。不管哪一国的食品，只要合我的口味，我张嘴便吃。什么胆固醇，什么高脂肪，统统见鬼去吧。那些吃东西左挑右拣，战战兢兢，吃鸡蛋不吃黄，吃肉不吃内脏，结果胆固醇反而越来越高。我的胆固醇从来没有高过，人皆以为怪，其实有什么可怪呢？至于"不嘀咕"，上面讲的那些话里面实际上已经涉及了。我从来不为自己的健康而愁眉苦脸。有的人无病装病，有的人无病幻想自己有病。我看了十分感到别扭，感到腻味。

我是陶渊明的信徒。他的四句诗：

纵浪大化中，

不喜亦不惧。

应尽便须尽，

无复独多虑。

这就是我的座右铭。

我这一篇短文的题目是：养生无术是有术。初看时恐怕有点难解。现在短文结束了，再回头看这个题目，不是一清二楚了吗？至少我希望是这样。

老马识途

无论是在文章中,还是在口头上,"老马识途"是常常使用的一个典故。由于使用的频率颇高,因此而变成了一句俗语。

这个典故的出处是《韩非子·说林上》,与管仲和齐桓公有关。有一次,齐桓公伐孤竹,"春往冬反,迷惑失道。管仲曰:'老马之智可用也。'乃放老马而随之,遂得道。"不管历史事实怎样,老马的故事是绝对可信的。不但马能识途,连驴、骡、猫、狗等动物都有识途的本领或者本能。

但是,切不可迷信。

在古代,老马等之所以能够识途,因为它们老走同一条道路,而古代道路的变化很少,道路两旁的建筑物变化也不会大。久而久之,这些牲畜们就记住了。只要把缰绳放开,让它们自由行动,它们必然能找到回家的道路。也许这些牲畜们还有什么"特异功能",我没有研究过,暂且不说。

但是,人类社会前进的速度越来越快,道路和建筑物的变化也越来越大。到了今天,简直一日数变。住在大城市里的人,三天不出门,再一出门,就有可能认不清街道。原来是一片空地,现在却像幻术一样,突然矗立在你的眼前的是一座摩天高楼。原来是一条羊肠小道,现在却突然变成了一条柏油马路。晕头转向就不必说了。即使老马一流的动物真有"特异功能",也将无所用其技了。

我就有一个亲身的经验。有一天,我走出北大南门到黄庄邮局去,我在海淀已经住了将近半个世纪,是这里的一匹地地道道的老马。我也颇有自信,即使把我的眼蒙住,我也能够找回家来。然而,这一回我却出了丑,现了眼。我走了一条新路,一走出去,是一条大马路,车如流水马如龙。我一时傻了眼:这是什么地方呀?我的黄庄在哪里呀!我一时目眩口呆,只觉得天昏地转,大有白天"鬼挡墙"之感。我好不容易定了定神,猛抬头看到马路上驶过去的332路公共汽车,我才如梦方醒,终于安全地走回到了学校。

像我这样一匹老马,脑筋是"难得糊涂"的,眼耳都还能准确地使用;然而在距北大咫尺之地竟然栽了这样一个跟头,这个跟头在我心中摔出了一个"顿悟"。我悟到,千万不要再迷信老马识途,千万不要在任何方面,包括研究学问方面以老马自居。到了现在,我觉得倒是"小马识途"。因为年轻人无所蔽、无所惧,常常出门,什么摩天大楼、什么柏油马路,在他们眼中都很平常。我们这些老马千万要向小马学习。

死的浮想

但是,我心中并没有真正达到我自己认为的那样的平静,对生死还没有能真正置之度外。

就在住进病房的第四天夜里,我已经上了床躺下,在尚未入睡之前我偶尔用舌尖舔了舔上颚,蓦地舔到了两个小水泡。这本来是可能已经存在的东西,只是没有舔到过而已。今天一旦舔到,忽然联想起邹铭西大夫的话和李恒进大夫对我的要求,舌头仿佛被火球烫了一下,立即紧张起来。难道水泡已经长到咽喉里面来了吗?

我此时此刻迷迷糊糊,思维中理智的成分已经所余无几,剩下的是一些接近病态的本能的东西。一个很大的"死"字突然出现在眼前,在我头顶上飞舞盘旋。在燕园里,最近十几年来我常常看到某一个老教授的门口开来救护车,老教授登车的时候心中做何感想,我不知道,但是,在我心中,我想到的却是"风萧萧兮易水寒,壮士一去兮不复还"。事实上,复还的人确实少到几乎没有。我今天难道也将变成了荆轲吗?我还能不能再见到我离家时正在十里飘香、绿盖擎天的季荷呢?我还能不能再看到那一个对我依依不舍的白色的波斯猫呢?

其实，我并不是怕死。我一向认为，我是一个几乎死过一次的人。"十年浩劫"中，我曾下定决心"自绝于人民"。我在上衣口袋里，在裤子口袋里装满了安眠药片和安眠药水，想采用先进的资本主义自杀方式，以表示自己的进步。在这千钧一发之际，押解我去接受批斗的牢头禁子踢开了我的房门，从而阻止了我到"阎王爷"那里去报到的可能。批斗回来以后，被打得鼻青脸肿，帽子丢掉了，鞋丢掉了一只，身上全是"革命小将"也或许有中将和老将吐的痰。游街仪式完成后，被一脚从汽车上踹下来的时候，躺在11月底的寒风中，半天爬不起来。然而，我"顿悟"了。批斗原来是这样子呀！是完全可以忍受的。我又下定决心，不再自寻短见，想活着看一看，"看你横行到几时"。

一个人临死前的心情，我完全有感性认识。我当时心情异常平静，平静到一直到今天我都难以理解的程度。老祖和德华谁也没有发现，我的神情有什么变化。我对自己这种表现感到十分满意，我自认已经参透了生死奥秘，渡过了生死大关，而沾沾自喜，认为自己已经修养得差不多了，已经大大地有异于常人了。

然而黄铜当不了真金，假的就是假的，到了今天，三十多年已经过去了，自己竟然被上颚上的两个微不足道的小水泡吓破了胆，使自己的真相完全暴露于光天化日之下，这完全出乎我的意料。我自己辩解说，那天晚上的行动只不过是一阵不正常的歇斯底里爆发。但是正常的东西往往寓于不正常之中。我虽已经痴长九十二岁，但对人生的参透还有极长的距离。今后仍须加紧努力。

生命冥想

我从来不相信什么神话,但是现在我真想相信起来,我真希望有一个天国。可是我知道,须弥山已经为印度人所独占,他们把自己的天国乐园安放在那里。昆仑山又为中国人所垄断,"王母娘娘"就被安顿在那里。我现在只能希望在辽阔无垠的宇宙中间还能有那么一块干净的地方,能容得下一个阆苑乐土。那里有四时不谢之花、八节长春之草,大地上一切花草的魂魄都永恒地住在那里,随时、随地都是花团锦簇,五彩缤纷。我们燕园中被无端砍伐了的西府海棠的魂灵也遨游其间。

朦胧,微明,正像反射在镜子里的影子,它给一切东西涂上银灰的梦的色彩。牛乳色的空气仿佛真牛乳似的凝结起来,但似乎又在软软地黏黏地浓浓地流动里。它带来了阒静,你听:一切静静墓般地死寂。仿佛一点也不多,一点也不少,优美的轻适的阒静软软地黏黏地浓浓地压在人们的心头,灰的天空像一张薄幕;树木,房屋,烟纹,云缕,都像一张张的剪影,静静地贴在这幕上。

在这微白的长长的路的终点,在雾的深处,谁也说不清是什么地方，有一个充满了威吓的黑洞，在向我们狞笑，那就是我们的归宿。障在我们眼前的幕，到底也不会撤去。我们眼前仍然只有当前一刹那的亮，带了一个大混沌，走进这个黑洞去。

我总觉得，在无量的——无论在空间上或时间上——宇宙进程中，我们有这次生命，不是容易事；比电火还要快，一闪便会消逝到永恒的沉默里去。我们不要放过这短短的时间，我们要多看一些东西。就因了这点小小的愿望，我想到外国去。

我看了在豆棚瓜架下闲话的野老，看了在一天工作疲劳之余在门前悠然吸烟的农人，都引起我极大的向往。我真不愿意离开这故国，这故国每一方土地，每棵草木，都能给我温热的感觉。但我终于要走的，沿了自己在心里画下的一条路走。我只希望，当我从异邦转回来的时候，我能看到一个一切都不变的故国，一切都不变的故乡，使我感觉不到曾这样长的时间离开过它，正如从一个短短的午梦转来一样。

天地萌生万物，对包括人在内的动植物等有生命的东西，总是赋予一种极其惊人的求生存的力量和极其惊人的扩展蔓延的力量，这种力量大到无法抗御。只要你肯费力来观摩一下，就必然会承认这一点。现在摆在我面前的就是我楼前池塘里的荷花。且从几个勇敢的叶片跃出水面以后，许多叶片接踵而至。一夜之间，就出来了几十枝，而且迅速地扩散、蔓延。不到十几天的工夫，荷叶已经蔓延得遮蔽了半个池塘。从我撒种的地方出发，向东西南北四面扩展。我无法知道，荷花是怎样在深水淤泥里走动。反正从露出水面的荷叶来看，每天至少要走半尺的距离，才能形成眼前这个局面。

我仿佛觉得这棵丝瓜有了思想，像达摩老祖一样，面壁参禅；它能让无法承担重量的瓜停止生长；它能给处在有利地形的大瓜找到承担重量的地方，给这样的瓜特殊待遇，让它们疯狂地长；它能让悬垂的瓜平身躺下。如果不是这样的话，无论如何也无法解释我上面谈到的现象。但是，如果真是这样的话，又实在令人难以置信。丝瓜用什么来思想呢？丝瓜靠什么来指导自己的行动呢？上下数千年，纵横几万里，从来也没有人说过，丝瓜会有思想。我左考虑，右考虑，越考虑越糊涂。我无法同丝瓜对话，这是一个沉默的奇迹。瓜秧仿佛成了一根神秘的绳子，绿叶上照旧浓翠扑人眉宇。我站在丝瓜下面，陷入梦幻。而丝瓜则似乎心中有数，无言静观，它怡然泰然悠然坦然，仿佛含笑面对秋阳。

它们鼓动了我当时幼稚的幻想，把我带到动物世界里，植物的世界里，月的国，虹的国里翱翔。不止一次地，我在幻想里看到生着金色的翅膀的天使在一团金色的光里飞舞。终于自己也仿佛加入里面去，一直到忘记了哪是天使，哪是自己。这些天使们就这样一直陪我到梦里去。

当时对我来说，外语是一种非常神奇的东西。我认为，方块字是天经地义，不用方块字，只弯弯曲曲像蚯蚓爬过的痕迹一样，居然能发出音来，还能有意思，简直是不可思议。越是神秘的东西，便越有吸引力，英文对于我就有极大的吸引力。每次回忆学习英文的情景时，我眼前总有一团零乱的花影，是绛紫色的芍药花。原来在校长办公室前的院子里有几个花畦,春天一到,芍药盛开,都是绛紫色的花朵。白天走过那里,紫花绿叶,极为分明。到了晚上,英文课结束后,再走过那个院子,紫花与绿叶化成一个颜色,朦朦胧胧的一堆一团,因为有白天的印象,所以还知道它们的颜色。但夜晚眼前却只能看到花影,鼻子似乎有点花香而已。这一幅情景伴随了我一生,只要是一想起学习英文,这一幅美妙无比的情景就浮现到眼前来,带给我无量的幸福与快乐。

在我们的日常生活中,都有这样一个经验:越是看惯了的东西,便越是习焉不察,美丑都难看出。这种现象在心理学上是容易解释的:一定要同客观存在的东西保持一定的距离,才能客观地去观察。难道我们就不能有意识地去改变这种习惯吗?难道我们就不能永远用新的眼光去看待一切事物吗?我想自己先试一试看,果然有神奇的效果。我现在再走过荷塘看到槐花,努力在自己的心中制造出第一次见到的幻想,我不再熟视无睹,而是尽情地欣赏。槐花也仿佛是得到了知己,大大小小、高高低低的洋槐,似乎在喃喃自语,又对我讲话。周围的山石树木,仿佛一下子活了起来,一片生机,融融氤氲。荷塘里的绿水仿佛更绿了,槐树上的白花仿佛更白了,人家篱笆里开的红花仿佛更红了。风吹,鸟鸣,都洋溢着无限生气。一切眼前的东西联在一起,汇成了宇宙的大欢畅。

缘分与命运

缘分与命运本来是两个词儿,都是我们口中常说,文中常写的。但是,仔细琢磨起来,这两个词儿含义极为接近,有时达到了难解难分的程度。

缘分和命运可信不可信呢?

我认为,不能全信,又不可不信。

我绝不是为算卦相面的"张铁嘴""王半仙"之流的骗子来张目。算八字算命那一套骗人的鬼话,只要一个异常简单的事实就能揭穿。试问普天之下——番邦暂且不算,因为老外那里没有这套玩意儿——同年、同月、同日、同时生的孩子有几万,几十万,他们一生的经历难道都能够绝对一样吗?绝对的不一样,倒近于事实。

可你为什么又说,缘分和命运不可不信呢?

我也举一个异常简单的事实。只要你把你最亲密的人,你的老伴——或者"小伴",这是我创造的一个名词儿,年轻的夫妻之谓也——同你自己相遇,一直到"有情人终成了眷属"的经过回想一下,便立即会同意我的意见。你们可能是一个生在天南,一个生在海北，中间经过了不知道多少偶然的机遇，有的机遇简直是间不容发，稍纵即逝，可终究没有错过，你们到底走到一起来了。即使是青梅竹马的关系，也同样有个"机遇"问题。这种"机遇"是报纸上的词儿，哲学上的术语是"偶然性"，老百姓嘴里就叫作"缘分"或"命运"。这种情况，谁能否认，又谁能解释呢？没有办法，只好称之为缘分或命运。

北京西山深处有一座辽代古庙名叫"大觉寺"。此地有崇山峻岭，茂林流泉，有三百年的玉兰树，二百年的藤萝花，是一个绝妙的地方。将近二十年前，我骑自行车去过一次。当时古寺虽已破败，但仍给我留下了深刻的印象，至今忆念难忘。去年春末，北大中文系的毕业生欧阳旭邀我们到大觉寺去剪彩，原来他下海成了颇有基础的企业家。他毕竟是书生出身，念念不忘为文化做贡献。他在大觉寺里创办了一个明慧茶院，以弘扬中国的茶文化。我大喜过望，准时到了大觉寺。此时的大觉寺已完全焕然一新，雕梁画栋，金碧辉煌，玉兰已开过而紫藤尚开，品茗观茶道表演，心旷神怡，浑然欲忘我矣。

将近一年以来，我脑海中始终有一个疑团：这个英年岐嶷的小伙子怎么会到深山里来搞这么一个茶院呢？前几天，欧阳旭又邀我们到大觉寺去吃饭。坐在汽车上，我不禁向他提出了我的问题。他莞尔一笑，轻声说："缘分！"原来在这之前他携伙伴郊游，黄昏迷路，撞到大觉寺里来。爱此地之清幽，便租了下来，加以装修，创办了明慧茶院。

此事虽小，可以见大。信缘分与不信缘分，对人的心情影响是不一样的。信者胜可以做到不骄，败可以做到不馁，绝不至胜则忘乎所以，败则怨天尤人。中国古话说："尽人事而听天命。"首先必须"尽人事"，否则馅儿饼绝不会自己从天上落到你嘴里来。但又必须"听天命"。人世间，波诡云谲，因果错综。只有能做到"尽人事而听天命"，一个人才能永远保持心情的平衡。

1998年1月16日

生命的价值

人世多悲欢,珍重生命的人,会寻求一种较合理的人生态度。我所欣赏的人生态度,是道家的一种境界。正如陶渊明诗中所云:

> 纵浪大化中,
> 不喜亦不惧。
> 应尽便须尽,
> 无复独多虑。

人总希望活下去,生与死是相对的。

印度梵文中的"死"字,是一个动词,而不是名词,变化形式同被动态一样。这说明印度古代的语法学家,精通人情心态。死几乎都是被动的,一个人除非被逼至绝境,他是不会轻易抛弃自己生命的。

我向无大志,是一个很平常的人。我对亲人,对朋友,总是怀有真挚的感情,我从来没有故意伤害过别人。但是,在那段"浩劫"

的岁月里，我因为敢于仗义执言，几乎把老命赔上。那时，任何一个戴红箍的学生和教员都可以随意对我进行辱骂和殴打，我这样一位手无缚鸡之力的老人被打得一佛出世，二佛升天，这种皮肉上的痛苦给心灵上带来的摧残是终生难忘的。

我的性命本该在那场"浩劫"中结束，在比一根头发丝还细的偶然中我没有像老舍先生那样走上绝路，我侥幸活了下来，我被分配淘厕所，看门房，守电话，我像个患了"麻风"病的人，很少人能有勇气同我交谈，我听从任何人的训斥或调遣，只能规规矩矩，不敢乱说乱动。

我活下来，一种悔愧耻辱之感在咬我的心。

我活下来，一种求生本能之意在唤我的心。

我扪心自问：我是个有教养、有尊严、有点学问、有点良知的人，我能忍辱负重地活下来，根本缘由在于我的思想还在，我的理智还在，我的信念还在，我的感情还在。我不甘心成为行尸走肉，我不情愿那样苟且偷生，我必须干点事情。二百多万字的印度大史诗《罗摩衍那》，就是在那段时期、那个环境、那种心态下译完的。

我活下来，寻找并实现着我的生命价值……

几十年过去了，回忆往昔岁月，依旧历历在目。中国的知识分子，尤其是老知识分子生经忧患，磕磕碰碰，道路并不平坦。他们在风雨中经受了磨炼，抱着一种更宽厚、更仁爱的心胸看待生活，他们更愿讲真话。

敢讲真话是需要极大的勇气的，有时甚至需要极硬的"骨气"。

历史上，因为讲真话而受迫害、遭厄运的人数还少吗？

我们北大的老校长马寅初先生，在1957年曾发表过著名的《新人口论》，他讲了真话。但到了1959年，这个纯粹学术探讨的问题，竟变成了全国性的政治讨伐。面对数百人的批判，马老拼上一身老骨头，迎接挑战。他曾著文声明："这个挑战是合理的，我当敬谨拜受。我虽年近八十，明知寡不敌众，自当单身匹马，出来迎战，直至战死为止，绝不向专以力压服而不以理说服的那种批判者投降。"马老很快遭了厄运。但他的精神，他的"骨气"，为世人所钦仰、所颂扬，因为他敢于维护自己的信念，敢于坚持真话。他成为我们这一代知识分子的楷模。

我国著名老作家巴金先生，对三十年前那场"浩劫"所造成的灾难，认真地反思，他在晚年，以老迈龙钟之身，花费了整整七年的时间，呕心沥血地写成了一部讲真话的大书《随想录》。这部书的永恒价值，就在于巴老敢于在书里写真话。

当然，只写真话，并不一定都是好文章，好文章应有淳美的文采和深邃的思想。真情实感只有融入艺术性中，才能成为好文章，才能产生感人的力量。我所欣赏的文章风格是：淳朴恬淡，本色天然，外表平易，秀色内涵，有节奏性、有韵律感的文章。我不喜欢浮滑率意、平板呆滞的文章。

现在，善待知识分子已成为我们的国策，我希望中国年轻一代知识分子，不要再经受我们老辈人所经受的那种磨难，他们应该生活在一种更人道的环境里。当然，社会是发展的，他们会在新的环境里,遇到更激烈的竞争。但这是一种智力上的公平竞争,是现代社会中一种高尚的、文明的竞争。它的存在,是社会进步的表现。

有志于使中华民族强盛的人们,尤其是年轻一代知识分子,你们的生命只有和民族的命运融合在一起才有价值,离开民族大业的个人追求,总是渺小的。这就是我,一个老知识分子的心声。

我在写这篇序文时,窗外暗夜正在向前流动着,不知不觉中,暗夜已逝,旭日东升。朝阳从窗外流入我的书房。我静坐沉思,时而举目凝望,窗外的树木枝叶繁茂,那青翠盎然的浓绿扑入眉宇,它给我心中增添了鲜活的力量。

生活的现实

生活，人人都有生活，它几乎是一个广阔无垠的概念。在家中，天天开门七件事：柴、米、油、盐、酱、醋、茶，人人都必须有的。这且不表。要处理好家庭成员的关系，不在话下。在社会上，就有了很大的区别。当官的，要为人民服务，当然也盼指日高升。大款们另有一番风光，炒股票、玩期货，一夜之间成了暴发户，腰缠十万贯，"春风得意马蹄疾，一日看尽长安花"。当然，一旦破了产，跳楼自杀，有时也在所难免。我辈书生，青灯黄卷，兀兀穷年，有时还得爬点格子，以济工资之穷。至于引车卖浆者流，只有拼命干活，才得糊口。

这都是我们必须面对的生活。我们必须勤勉从事，过好这个日子（生活），自不待言。

但是，如果我们把眼光放远一点，把思虑再深化一点，想一想全人类的生活，你感觉到危险性了没有？也许有人感到，我们这个小小寰球并不安全。有时会有地震，有时会有天灾，刀兵水火，疾病灾殃，说不定什么时候就会驾临你的头上，躲不胜躲，防不胜防。

对策只有一个：顺其自然，尽上人事。

如果再把眼光放得更远，让思虑钻得更深，则眼前到处是看不见的陷阱。我自己也曾幼稚过一阵。我读东坡《（前）赤壁赋》："惟江上之清风，与山间之明月，耳得之而为声，目遇之而成色。取之无禁，用之不竭，是造物者之无尽藏也，而吾与子之所共适。"我深信苏子讲的句句是真理。然而，到了今天，江上之风还清吗？山间之月还明吗？谁都知道，由于大气的污染，风早已不清，月早已不明了。与此有联系的还有生态平衡的破坏，动植物品种的灭绝，新疾病的不断出现，人口的爆炸，臭氧层出了洞，自然资源——其中包括水——的枯竭，如此等等，不一而足。我们人类实际上已经到了"盲人骑瞎马，夜半临深池"的地步。令人吃惊的是，虽然有人已经注意到了这个现象，但并没有提高到与人类生存前途挂钩的水平，仍然只是头痛治头，脚痛治脚。还有人幻想用西方的"科学"来解救这一场危机。我认为，这是不太可能的，这一场灾难主要就是西方"征服自然"的"科学"造成的。西方科学优秀之处，必须继承，但是必须从根本上、从思想上解决问题，以东方的"民胞物与""天人合一"的思想济西方"科学"之穷。人类前途，庶几有望。

貳

我本修行人

禅趣人生

浙江人民出版社的杨女士给我来信,说要编辑一套"禅趣人生"丛书,"内容可包括佛禅与人生的方方面面"。"我们希望通过当代学者对于人生的一种哲学思考,给读者特别是青年读者一些中国传统文化的熏陶,给被大众文化淹溺着的当今读书界、文化界留一小块净土,也为今天人文精神的重建尽一份努力。"无疑,这些都是极其美妙的想法,有意义,有价值,我毫无保留地赞成和拥护。

但是,我却没有立即回信。原因绝不是我倨傲不恭,妄自尊大,而是因为我感到这任务过分重大,我惶恐觳觫,不敢贸然应命。其中还掺杂着一点自知之明和偏见。我生无慧根,对于哲学和义理之类的东西,不感兴趣。特别是禅学,我更感到头痛。少一半是因为我看不懂。我总觉得这一套东西恍兮惚兮,杳冥无迹。禅学家常用"羚羊挂角,无迹可寻"来做比喻,比喻是生动恰当的。然而困难也即在其中。既然无迹可寻,我们还寻什么呢?庄子所说得鱼忘筌,得意忘言。我在这里实在是不知道何所得,又何所忘,古今中外,关于禅学的论著可谓多矣。我也确实读了不少。但是,说一句老实话，我还没有看到任何书、任何人能把"禅"说清楚的。

也许妙就妙在说不清楚。一说清楚，即落言筌。一落言筌，则情趣尽失。这种审美境界和思想境界，西方人是无法理解的。他们对任何东西都要求分析、分析、再分析。而据我个人的看法，分析只是人的思维方式之一，此外还有综合的思维方式，这是我们东方人所特有，至少是所擅长的。我现在正在读苗东升和刘华杰的《混沌学纵横谈》。"混沌学"是一个新兴的但有无限前途的学科。我曾多次劝人们，特别是年轻人，注意"模糊学"和"混沌学"，现在有了这样一本书，我说话也有了根据，而且理直气壮了。我先从这本书里引一段话："以精确的观察、实验和逻辑论证为基本方法的传统科学研究，在进入人的感觉远远无法达到的现象领域之后，遇到了前所未有的困难。因为在这些现象领域中，仅仅靠实验、抽象、逻辑推理来探索自然奥秘的做法行不通了，需要将理性与直觉结合起来。对于认识尺度过小或过大的对象，直觉的顿悟、整体的把握十分重要。"这些想法，我曾有过。我看了这一本书以后，实如空谷足音。对于中国的"禅"，是否也可以从这里"切入"（我也学着使用一个新名词），去理解，去掌握？目前我还说不清楚。

话扯得远了，我还是"书归正传"吧！我在上面基本上谈的是"自知之明"。现在再来谈一谈"偏见"。我的"偏见"主要是针对哲学的，针对"义理"的。我上面已经说过，我对此不感兴趣。我的脑袋呆板，我喜欢摸得着看得见的东西，也就是实实在在的东西。哲学这东西太玄乎，太圆融无碍，宛如天马行空。而且公说公有理，婆说婆有理。今天这样说，有理；明天那样说，又有理。有的哲学家观察宇宙、人生和社会，时有非常深刻、机敏的意见，令我叹服。但是，据说真正的大哲学家必须自成体系。体系不成，必须追求。一旦体系形成，则既不圆融，也不无碍，而是捉襟见肘，削足适履。这一套东西我玩不了。因此，在旧时代三大学科体系——义理、辞章、考据中，我偏爱后二者，而不敢碰前者。这全是天分所限，并不是对义理有什么微词。

以上就是我的基本心理状态。

现在杨女士却对我垂青，要我做"哲学思考"，侈谈"禅趣"，我焉得不诚惶诚恐呢？这就是我把来信搁置不答的真正原因。我的如意算盘是，我稍搁置，杨女士担当编辑重任，时间一久，就会把此事忘掉，我就可以逍遥自在了。

然而事实却大出我意料，她不但没有忘掉，而且打来长途电话，直捣黄龙，令我无所逃于天地之间。我有点惭愧，又有点惶恐。但是，心里想的却是：按既定方针办。我连忙解释，说我写惯了考据文章。关于"禅"，我只写过一篇东西，而且是被赶上了架才写的，当然属于"野狐"一类。我对她说了许多话，实际上却是"居心不良"，想推掉了事，还我一个逍遥自在身。

可是我万万没有想到，正当我颇为得意的时候，杨女士的长途电话又来了，而且还是两次。昔者刘先主三顾茅庐，恭请卧龙先生出山，共图霸业。藐予小子，焉敢望卧龙先生项背！三请而仍拒，岂不是太不识相了吗？我痛自谴责，要下决心认真对待此事了。我拟了一个初步选目。过后自己一看，觉得好笑，选的仍然多是考据的东西。我大概已经病入膏肓，脑袋瓜变成了花岗岩，已经快到不可救药的程度了。于是决心改弦更张，又得我多年的助手李铮先生之助，终于选成了现在这个样子。这里面不能说没有涉及禅趣，也不能说没有涉及人生。但是，把这些文章综合起来看，我自己的印象是一碗京海杂烩。可这种东西为什么竟然敢拿出来给人看呢？自己"藏拙"不是更好吗？我的回答是："我在任何文章中讲的都是真话，我不讲半句谎话。"而且我已经到了耄耋之年，一生并不是老走阳光大道，独木小桥我也走过不少。因此，酸、甜、苦、辣、悲、欢、离、合，我都尝了个够。发为文章，也许对读者，特别是青年读者，不无帮助。这就是我斗胆拿出来的原因。倘若读者——不管是老中青年——真正能从我在长达八十多年对生活的感悟中学到一点有益的东西，那我就十分满意了。至于杨女士来信中提到的那一些想法或者要求，我能否满足或者满足到什么程度，那就只好请杨女士自己来下判断了。是为序。

1995年8月15日于北大燕园

（此文为《人生絮语》一书序言）

山中逸趣

置身饥饿地狱中,上面又有建造地狱时还不可能有的飞机的轰炸,我的日子比地狱中的饿鬼还要苦上十倍。

然而,打一个比喻说,在英雄交响乐的激昂慷慨的乐声中,也不缺少像莫扎特的小夜曲似的情景。

哥廷根的山林就是小夜曲。

哥廷根的山不是怪石嶙峋的高山,这里土多于石,但是却又有山的气势。山顶上的俾斯麦塔高踞群山之巅,在云雾升腾时,在乱云中露出的塔顶,望之也颇有蓬莱仙山之概。

最引人入胜的不是山,而是林。这一片丛林究竟有多大,我住了十年也没能弄清楚,反正走几个小时也走不到尽头。林中主要是白杨和橡树,在中国常见的柳树、榆树、槐树等,似乎没有见过。更引人入胜的是林中的草地。德国冬天不冷,草几乎是全年碧绿。冬天雪很多,在白雪覆盖下,青草也没有睡觉,只要把上面的雪一扒拉,青翠欲滴的草立即显露出来。每到冬春之交时,有白色的小花,德国人管它叫"雪钟儿",破雪而出,成为报春的象征。再过不久，春天就真的来到了大地上，林中到处开满了繁花，一片锦绣世界了。

到了夏天，雨季来临，哥廷根的雨非常多，从来没听说有什么旱情。本来已经碧绿的草和树木，现在被雨水一浇，更显得浓翠逼人。整个山林，连同其中的草地，都绿成一片，绿色仿佛塞满了寰中，涂满了天地，到处是绿、绿、绿，其他的颜色仿佛一下子都消逝了。雨中的山林，更别有一番风味。连绵不断的雨丝，同浓绿织在一起，形成一张神奇、迷茫的大网。我就常常孤身一人，不带什么伞，也不穿什么雨衣，在这一张覆盖天地的大网中，踽踽独行。除了周围的树木和脚底下的青草以外，仿佛什么东西都没有，我颇有佛祖释迦牟尼的感觉，"天上天下，唯我独尊"了。

一转入秋天，就到了哥廷根山林最美的季节。我曾在《忆章用》一文中描绘过哥城的秋色，受到了朋友的称赞，我索性抄在这里：

哥廷根的秋天是美的，美到神秘的境地，令人说不出，也根本想不到去说。有谁见过未来派的画没有？这小城东面的一片山林在秋天就是一幅未来派的画。你抬眼就看到一片耀眼的绚烂。只说黄色，就数不清有多少等级，从淡黄一直到接近棕色的深黄，参差地抹在一片秋林的梢上，里面杂了冬青树的浓绿，这里那里还点缀上一星星鲜红，给这惨淡的秋色涂上一片凄艳。

我想，看到上面这一段描绘，哥城的秋山景色就历历如在目前了。

一到冬天，山林经常为大雪所覆盖。由于温度不低，所以覆盖不会太久就融化了；又由于经常下雪，所以总是有雪覆盖着。上面的山林，一部分依然是绿的，雪下面的小草也仍旧碧绿，上下都有生命在运行着。哥廷根城的生命活力似乎从来没有停息过，即使是在冬天，情况也依然如此。等到冬天一转入春天，生命活力没有什么覆盖了，于是就彰明昭著地腾跃于天地之间了。

哥廷根的四时的情景就是这个样子。

从我来到哥城的第一天起，我就爱上了这山林。等到我堕入饥饿地狱，等到天上的飞机时时刻刻在散布死亡时，只要我一进入这山林，立刻在心中涌起一种安全感。山林确实不能把我的肚皮填饱，但是在饥饿时安全感又特别可贵。山林本身不懂什么饥饿，更用不着什么安全感。当全城人民饥肠辘辘，在英国飞机下心里忐忑不安的时候，山林却依旧郁郁葱葱，"依旧烟笼十里堤"。我真爱这样的山林，这里真成了我的世外桃源了。

我不知道有多少次，一个人到山林里来；也不知道有多少次，同中国留学生或德国朋友一起到山林里来。在我记忆中最难忘记的一次畅游，是同张维和陆士嘉在一起的。这一天，我们的兴致都特别高。我们边走、边谈、边玩，真正是忘路之远近。我们走呀，走呀，已经走到了我们往常走到的最远的界限；但在不知不觉之间就走越过了过去，仍然一往直前。越走林越深，根本不见任何游人。路上的青苔越来越厚，是人迹少到的地方。周围一片寂静，只有我们的谈笑声在林中回荡，悠扬，遥远。远处在林深处听到柏叶上有窸窣的声音，抬眼一看，是几只受了惊的梅花鹿，瞪大了两只眼睛，看了我们一会，立即一溜烟似的逃到林子的更深处去了。我们最后走到了一个悬崖上，下临深谷，深谷的那一边仍然是无边无际的树林。我们无法走下去，也不想走下去，这里就是我们的天涯海角了。回头走的路上，遇到了雨。躲在大树下，避了一会雨。然而雨越下越大，我们只好再往前跑。出我们意料之外，竟然找到了一座木头凉亭，真是避雨的好地方。里面已经先坐着一个德国人，打了一声招呼，我们也就坐下。同是深林躲雨人，相逢何必曾相识。我们没有通名报姓，就上天下地胡谈一通，宛如故友相逢了。

这一次畅游始终留在我的记忆里，至今难忘。山中逸趣，当然不止这一桩。大大小小、琐琐碎碎的事情，还可以写出一大堆来，我现在一律免掉。我写这些东西的目的，是想说明，就是在那种极其困难的环境中，人生乐趣仍然是有的。在任何情况下，人生也绝不会只有痛苦，这就是我悟出的禅机。

难得糊涂

清代郑板桥提出来的亦书写出来的"难得糊涂"四个大字,在中国,真可以说是家喻户晓,尽人皆知的。一直到今天,二百多年过去了,但在人们的文章里,讲话里,以及嘴中常用的口语中,这四个字还经常出现,人们都耳熟能详。

我也是难得糊涂党的成员。

不过,在最近几个月中,在经过了一场大病之后,我的脑筋有点开了窍。我逐渐发现,糊涂有真假之分,要区别对待,不能眉毛胡子一把抓。

什么叫真糊涂,而什么又叫假糊涂呢?

用不着做理论上的论证,只举几个小事例就足以说明了。例子就从郑板桥举起。

郑板桥生在清代乾隆年间,所谓"康乾盛世"的下一半。所谓盛世历代都有,实际上是一块其大无垠的遮羞布。在这块布下面,一切都照常进行。只是外寇来得少,人民作乱者寡,大部分人能勉强吃饱了肚子,"不识不知,顺帝之则"了。最高统治者的宫廷斗争,仍然是血腥淋漓，外面小民是不会知道的。中国古代的历代的统治者都喜欢没有头脑没有思想的人，有这两个条件的只是士这个阶层。所以士一直是历代统治者的眼中钉。可离开他们又不行。于是胡萝卜与大棒并举。少部分争取到皇帝帮闲或帮忙的人，大致已成定局。等而下之，一大批士都只有一条向上爬的路——科举制度。成功与否，完全看自己的运气。翻一翻《儒林外史》，就能洞悉一切。但同时皇帝也多以莫须有的罪名大兴文字狱，杀鸡给猴看。统治者就这样以软硬兼施的手法，统治天下。看来大家都比较满意。但是我认为，这是真糊涂，如影随形，就在自己身上，并不"难得"。

我的结论是：真糊涂不难得，真糊涂是愉快的，是幸福的。

此事古已有之，历代如此。楚辞所谓"举世皆浊我独清，众人皆醉我独醒"。所谓"醉"，就是我说的糊涂。

可世界上还偏有郑板桥这样的人，虽然人数极少极少，但毕竟是有的。他们为天地留了点正气。他已经考中了进士。据清代的一本笔记上说，由于他的书法不是台阁体，没能点上翰林，只能外放当一名知县，"七品官耳"。他在山东潍县做了一任县太爷，又偏有良心，同情小民疾苦，有在潍县衙斋里所做的诗为证。结果是上官逼，同僚挤，他忍受不了，只好丢掉乌纱帽，到扬州当八怪去了。他一生诗书画中都有一种愤懑不平之气，有如司马迁的《史记》。他倒霉就倒在世人皆醉而他独醒，也就是世人皆真糊涂而他独必须装糊涂，假糊涂。

我的结论是：假糊涂才真难得，假糊涂是痛苦，是灾难。

贰 | 我本修行人

现在说到我自己。

我初进 301 医院的时候,始终认为自己患的不过是癣疥之疾。隔壁房间里主治大夫正与北大校长商议发出病危通告,我这里却仍然嬉皮笑脸,大说其笑话。终医院里的四十六天,我始终没有危机感。现在想起来,真正后怕。原因就在,我是真糊涂,极不难得,极为愉快。

我虔心默祷上苍,今后再也不要让真糊涂进入我身,我宁愿一生背负假糊涂这一个十字架。

糊涂一点，潇洒一点

最近一个时期，经常听到人们的劝告：要糊涂一点，要潇洒一点。

关于第一点糊涂问题，我最近写过一篇短文《难得糊涂》。在这里，我把糊涂分为两种，一个叫真糊涂，一个叫假糊涂。普天之下，绝大多数的人，争名于朝、争利于市。尝到一点小甜头，便喜不自胜，手舞足蹈，心花怒放，忘乎所以。碰到一个小钉子，便忧思焚心，眉头紧皱，前途暗淡，哀叹不已。这种人滔滔者天下皆是也。他们是真糊涂，但并不自觉。他们是幸福的，愉快的，愿老天爷再向他们降福。

至于假糊涂或装糊涂，则以郑板桥的"难得糊涂"最为典型。郑板桥一流的人物是一点也不糊涂的。但是现实的情况又迫使他们非假糊涂或装糊涂不行。他们是痛苦的。我祈祷老天爷赐给他们一点真糊涂。

谈到潇洒一点的问题，首先必须对这个词儿进行一点解释。这个词儿圆融无碍，谁一看就懂，再一追问就糊涂。给这样一个词儿下定义，是超出我的能力的。还是查一下词典好。《现代汉语词典》的解释是："（神情、举止、风貌等）自然大方、有韵致，不拘束。"看了这个解释，我吓了一跳。什么"神情"，什么"风貌"，又是什么"韵致"，全是些抽象的东西，让人无法把握。这怎么能同我平常理解和使用的"潇洒"挂上钩呢？我是主张模糊语言的，现在就让"潇洒"这个词儿模糊一下吧。我想到中国六朝时代一些当时名士的举动，特别是《世说新语》等书所记载的，比如刘伶的"死便埋我"，什么雪夜访戴，等等，应该算是"潇洒"吧。可我立刻又想到，这些名士，表面上潇洒，实际上心中如焚，时时刻刻担心自己的脑袋。有的还终于逃不过去，嵇康就是一个著名的例子。

写到这里，我的思维活动又逼迫我把"潇洒"，也像糊涂一样，分为两类：一真一假。六朝人的潇洒是装出来的，因而是假的。

这些事情已经"俱往矣"，不大容易了解清楚。我举一个现代的例子。上一个世纪30年代，我在清华读书的时候，一位教授（姑隐其名）总想充当一下名士，潇洒一番。冬天，他穿上锦缎棉袍，下面穿的是锦缎棉裤，用两条彩色丝带把棉裤紧紧地系在腿的下部，头上头发也故意不梳得油光发亮。他就这样飘飘然走进课堂，顾影自怜，大概十分满意。在学生们眼中，他这种矫揉造作的潇洒，却是丑态可掬，辜负了他一番苦心。

同这位教授唱对台戏的——当然不是有意的——是俞平伯先生。有一天，平伯先生把脑袋剃了个精光，高视阔步，昂然从城内的住处出来，走进了清华园。园中几千人中这是唯一的一个精光的脑袋，见者无不骇怪,指指点点,窃窃私议,而平伯先生则全然置之不理,照样登上讲台,高声朗诵宋代名词,摇头晃脑,怡然自得。朗诵完了,连声高呼:"好!好!就是好!"此外再没有别的话说。古人说:"是真名士自风流。"同那位教英文的教授一比,谁是真风流,谁是假风流;谁是真潇洒,谁是假潇洒,昭然呈现于光天化日之下。

这一个小例子,并没有什么深文奥义,只不过是想辨真伪而已。

为什么人们提倡糊涂一点,潇洒一点呢?我个人觉得,这能提高人们的和为贵的精神,大大地有利于安定团结。

写到这里,这一篇短文可以说是已经写完了。但是,我还想加上一点我个人的想法。

当前,我国举国上下,争分夺秒,奋发图强,巩固我们的政治,发展我们的经济,期能在预期的时间内建成名副其实的小康社会。哪里容得半点糊涂、半点潇洒!但是,我们中国人一向是按照辩证法的规律行动的。古人说:"文武之道,一张一弛。"有张无弛不行,有弛无张也不行。张弛结合,斯乃正道。提倡糊涂一点,潇洒一点,正是为了达到这个目的的。

我的座右铭

多少年以来,我的座右铭一直是:

纵浪大化中,不喜亦不惧。
应尽便须尽,无复独多虑。

老老实实的、朴朴素素的四句陶诗,几乎用不着任何解释。

我是怎样实行这个座右铭的呢?无非是顺其自然、随遇而安而已,没有什么奇招。

"应尽便须尽,无复独多虑。"(到了应该死的时候,你就去死,用不着左思右想)这句话应该是关键性的。但是在我几十年风华正茂的期间内,"尽"什么的是很难想到的。在这期间,我当然既走过阳关大道,也走过独木小桥。即使在走独木桥时,好像路上铺的也全是玫瑰花,没有荆棘。这与"尽"的距离太远太远了。

到了现在,自己已经九十多岁了。离人生的尽头,不会太远了。我在这时候,根据座右铭的精神,处之泰然,随遇而安。我认为,这是唯一正确的态度。

  我不是医生，我想贸然提出一个想法。所谓老年忧郁症恐怕十有八九同我上面提出的看法有关，怎样治疗这种病症呢？我本来想用"无可奉告"来答复。但是，这未免太简慢，于是改写一首打油诗，题曰"无题"：

> 人生在世一百年，
> 天天有些小麻烦，
> 最好办法是不理，
> 只等秋风过耳边。

座右铭（老年时期）

我现在的座右铭是：

> 老骥伏枥，
> 志在十里。
> 烈士暮年，
> 壮心难已。

读起来一副老调，了无新意。其实是有的。即以"志在十里"而论，为什么不写上百里、千里，甚至万里呢？那有多么威武雄壮呀！其实，如果我讲"志在半里"，也是瞎吹。我现在不能走路，活动全靠轮椅，是要别人推的。我说"十里"，是指一个棒小伙子一口气可以达到的长度。

我的怀旧观

《怀旧集》这个书名我曾经想用过，这就是现在已经出版了的《万泉集》。因为集中的文章怀念旧人者颇多。我记忆的丝缕又挂到了一些已经逝世的师友身上，感触极多。我因此想到了《昭明文选》中潘安仁的《怀旧赋》中的文句："宵展转而不寐，骤长叹以达晨；独郁结其谁语，聊缀思于斯文。"我把那一个集子定名为《怀旧集》。但是，原来应允出版的出版社提出了异议："怀旧"这个词儿太沉闷，太不响亮，会影响书的销路，劝我改一改。我那时候出书还不能像现在这样到处开绿灯。我出书心切，连忙巴结出版社，立即遵命改名，由《怀旧》改为《万泉》。然而出版社并不赏脸，最终还是把稿子退回，一甩了之。

这一段公案应该说是并不怎样愉快。好在我的《万泉集》换了一个出版社出版了，社会反应还并不坏。我慢慢地就把这一件事忘记了。

最近，出我意料之外，北大出版社的老友张文定先生一天忽然对我说："你最近写的几篇悼念或者怀念旧人的文章，情真意切，很能感动人，能否收集在一起，专门出一个集子？"他随便举了一个例子，就是悼念胡乔木同志的文章。他这个建议过去我没有敢想过，然而实获我心。我首先表示同意，立即又想到：《怀旧集》这个名字可以复活了，岂不大可喜哉！

怀旧是一种什么情绪，或感情，或心理状态呢？我还没有读到过古今中外任何学人给它下的定义。恐怕这个定义是非常难下的。根据我个人的想法，古往今来，天底下的万事万物，包括人和动植物，总在不停地变化着，总在前进着。既然前进，留在后面的人或物，或人生的一个阶段，就会变成旧的，怀念这样的人或物，或人生的一个阶段，就是怀旧。人类有一个缺点或优点，常常觉得过去的好，旧的好，古代好，觉得当时天比现在要明朗，太阳比现在要光辉，花草树木比现在要翠绿，总之，一切比现在都要好，于是就怀，就"发思古之幽情"，这就是怀旧。

但是，根据常识，也并不是一切旧人、旧物都值得怀。有的旧人，有的旧事，就并不值得去怀。有时一想到，简直就令人作呕，弃之不暇，哪里还能怀呢？也并不是每一次怀人或者怀事都能写成文章。感情过分地激动，过分悲哀，一想到，心里就会流血，到了此时，文章无论如何是写不出来的。这个道理并不难懂，每个人一想就会明白的。

同绝大多数的人一样，我是一个非常平常的人。人的七情六欲，我一应俱全。尽管我有不少的缺点，也做过一些错事，但是，我从来没有故意伤害别人；如有必要，我还伸出将伯之手。因此，不管我打算多么谦虚，我仍然把自己归入好人一类，我是一个"性情中人"。我对亲人，对朋友，怀有真挚的感情。这种感情看似平常，但实际上却非常不平常。我生平颇遇到一些人，对人毫无感情。我有时候难免有一些腹诽，我甚至想用一个听起来非常刺耳的词儿来形容这种人：没有"人味"。按说，既然是个人，就应当有"人味"。然而，我积八十年之经验，深知情况并非如此。"人味"，岂易言哉！岂易言哉！

怀旧就是有"人味"的一种表现，而有"人味"是有很高的报酬的：怀旧能净化人的灵魂。亲故老友逝去了，或者离开自己远了。但是，他们身上那一些优良的品质，离开自己越远，时间越久，越能闪出异样的光芒。它仿佛成为一面镜子，在照亮着自己，在砥砺着自己。怀这样的旧人，在惆怅中感到幸福，在苦涩中感到甜美。这不是很高的报酬吗？对逝去者的怀念，更能激发起我们"后死者"的责任感。先死者固然能让我们哀伤，后死者更值得同情，他们身上的心灵上的担子更沉重。死者已矣，他们不知不觉了。后死者却还活着，他们能知能觉。先死者的遗志要我们去实现，他们没有完成的工作要我们去做。即使有时候难免有点想懈怠一下，休息一下。但一想到先人的声音笑貌，立即会振奋起来。这样的怀旧，报酬难道还不够高吗？

古代希腊哲人说，悲剧能净化（katharsis）人们的灵魂。我看，怀旧也同样能净化人们的灵魂。这一种净化的形式，比悲剧更深刻，更深入灵魂。

这就是我的怀旧观。

我庆幸我能怀旧，我庆幸我的"人味"支持我怀旧，我庆幸我的《怀旧集》这个书名在含冤蒙尘十几年以后又得以重见天日，我乐而为之序。

（原文为《怀旧集》自序）

我的美人观

说清楚一点,就是:我怎样看待美人。

综观动物世界,我们会发现,在雌雄之间,往往是雄的漂亮、高雅,动人心魄,惹人瞩目。拿狮子来说,雄狮多么威武雄壮,英气磅礴。如果张口一吼,则震天动地,无怪有人称之为兽中之王。再拿孔雀来看,雄的倘一开屏,则遍体金碧耀目,非言语所能形容。仪态万方,令人久久不能忘怀。

但是,一讲到人美,情况竟完全颠倒过来。我们不知道,造物主囊中卖的是什么药。她(他,它)先创造人中雌(女人)。此时她大概心情清爽,兴致昂扬,精雕细琢,刮垢磨光。结果是创造出来的女子美妙、漂亮、悦目、闪光。她看到了自己的作品,左看右看,十分满意,不禁笑上脸庞。

但是,她立刻就想到,只造女人是不行的。这样怎么能传宗接代呢?必须再创造人中雌的对应物人中雄。这样创造活动才算完成。

这样想过,她立即着手创造人中雄。此时,她的心情比较粗疏,因此手法难以细腻。结果是,造出来的人中雄,一反禽兽的标格,显得有点粗陋。连她自己都并不怎样满意。但是,既然造出来了,就只能听之任之,不必再返工了。

到了此时,造物主老年忽发少年狂,决心在本来已经很秀丽、美妙、赏心悦目的人中雌中再创造几个出类拔萃、傲视群雌的超级美人。于是人类中就出现了西施、明妃、赵飞燕、貂蝉、二乔、杨贵妃、柳如是、董小宛、陈圆圆等等出类拔萃的超级美人。这样一来,在中国老百姓的中国史观中,就凭空增添了几分靓丽,几分滋润,几分光彩,几分清芬。

打油一首:

中华自古重美人,西施貂蝉论纷纭。
美人至今仍然在,各为神州添馨淳。

但是,我还是有问题的。世界文明古国,特别是亚洲文明古国,不止中国一个。为什么只有中国传留下来这么多超级美人,而别的国家则毫无所闻呢?我个人认为,这绝不是一个无足轻重的问题。如果研究比较文化史,这个问题绝对躲不过去的。目前,我对于这个问题考虑得还不够深透。我只能说,中国老百姓的中国史观,是丰富多彩的,有滋有味的,不是一堆干巴巴的相斫书。

我现在越来越不安分了,越来胆子越大了。我想在太岁头上动一下土,探讨一下"美人"这个美字的含义。我没有研究过美学,只记得在很多年以前,中国美学论坛上忽然爆发了一场论战。我以一个外行人的身份,从窗外向论坛上瞥了一眼,只见专家们意气风发,舌剑唇枪争得极为激烈。有的学者主张,美是主观的。有的学者主张美是客观的。有的学者主张,美是主客观相结合的。像美这样扑朔迷离、玄之又玄的现象或者问题,一向难以得到大家一致同意的结论或者解释的。专家们讨论完了,一哄而散,问题仍然摆在那里,原封未动。

我想从一个我认为是新的观点中解决问题。我认为,美人之所以被称为美人,必然有其异于非美人者。但是,她们也只具有五官四肢,造物主并没有给她们多添上一官一肢,也没有挪动官肢的位置,只在原有的排列上卖弄了一点手法,使这个排列显得更匀称,更和谐,更能赏心悦目。

美人身上有多处美的亮点,我现在不可能一一研究。我只选其中一个最引人注意的来谈一谈,这就是细腰的问题。这是一个极老的问题,但是,无论多么古老,也古老不到蒙昧的远古。那时候,人类首要的问题是采集野果,填饱肚子。男女都整天奔波,男女的腰都是粗而又粗的。哪里有什么余裕来要妇女细腰呢?大概到了先秦时期,情况有了改变。《诗经》第一篇中的"苗条(窈窕)淑女,君子好逑",苗条二字,无论怎样解释也离不开妇女的腰肢。先秦典籍中还有"楚王好细腰,宫中多饿死"的记载。可见此风在高贵不劳动的妇女中已经形成。流风所及,延续未断,可以说到今天也并没有停住。

中国古典诗词中,颇有一些描绘美人的文章。其中讲到美人的各个方面,细腰当然不会遗漏。我现在从宋词中选取几个例子,以见一斑。

1. 柳永的《乐章集·木兰花》

酥娘一搦腰肢袅,回雪萦尘皆尽妙。几多狎客看无厌,一辈舞童功不到。星眸顾拍精神峭,罗袖迎风身段小。而今长大懒婆娑,只要千金酬一笑。

2. 柳永的《乐章集·浪淘沙令》

有个人人,飞燕精神,急锵环佩上华裀。促拍尽随红袖举,风柳腰身。

3. 柳永的《乐章集·合欢带》

身材儿、早是妖娆,算风措、实难描。一个肌肤浑似玉,更都来、占了千娇。妍歌艳舞,莺惭巧舌,柳妒纤腰。自相逢,便觉韩娥价减,飞燕声消。

4. 柳永的《乐章集·少年游》

世间尤物意中人,轻细好腰身。

5. 秦观的《淮海集·虞美人影》

妒云恨雨腰肢袅,眉黛不堪重扫。薄幸不来春老,羞带宜男草。

6. 秦观的《淮海集·昭君怨》

隔叶乳鸦声软。啼断日斜阴转。杨柳小腰肢,画楼西。

7. 贺方回的《万年欢》

吴都佳丽苗而秀，燕样腰身，按舞华茵。

8. 秦观的《淮海集·满江红》

越艳风流，占天上、人间第一。须信道，绝尘标致，倾城颜色。翠绾垂螺双髻小。柳柔花媚娇无力。笑从来，到处只闻名，今相识。

9. 辛弃疾的《临江仙》

小扇人怜都恶瘦，曲眉天与长颦。沉思欢事惜腰身。枕添离别泪，粉落却深匀。

宋词里面讲到细腰的地方，大体就是这样。遗漏几个地方，无关大局，不影响我的推论。

中国其他古典诗词中，也有关于细腰的叙述。因为同我要谈的主要问题无关，我就不谈了。

我现在的首要任务是解释一下，为什么细腰这个现象会同美联系起来。简捷了当地说一句话，我是想使用德国心理学家 Lipps 的"感情移入"的学说来解决这个问题。比如说，你看一个细腰的美女走在你的眼前，步调轻盈，柔软，好像是曹子建眼中的洛神。你一时失神，产生了感情移入的效应，仿佛与细腰女郎化为一体，得大喜悦，飘飘欲仙了。真诚的喜悦，同美感是互相沟通的。

寂 寞

　　寂寞像大毒蛇，盘住了我整个的心，我自己也奇怪：几天前喧腾的笑声现在还萦绕在耳际，我竟然给寂寞克服了吗？

　　但是，克服了，是真的，奇怪又有什么用呢？笑声虽然萦绕在耳际，早已恍如梦中的追忆了，我只有一颗心，空虚寂寞的心被安放在一个长方形的小屋里。我看四壁，四壁冰冷像石板，书架上一行行排列着的书，都像一行行的石块，床上棉被和大衣的折纹也都变成雕刻家手下的作品了。死寂，一切死寂，更死寂的却是我的心，——我到了庞培（Pompeii）了么？不，我自己证明没有，隔了窗子，我还可以看见袅动的烟缕，虽然还在袅动，但是又是怎样地微弱呢？——我到了西敏大寺（Westminster Abbey）了么？我自己又证明没有，我看不到阴森的长廊，看不到诗人的墓圹，我只是被装在一个长方形的小屋里，四周圈着冰冷的石板似的墙壁，我究竟在什么地方呢？桌子上那两盆草的蔓长嫩绿的枝条，反射在镜子里的影子，我透过玻璃杯看到的淡淡的影子；反射在电镀过的小钟座上的影子，在平常总轻轻地笼罩上一层绿雾，不是很美丽有生气的吗?为什么也变成浮雕般的呆僵着不动呢?——一切完了,一切都给寂寞吞噬了,寂寞凝定在墙上挂的相片上,凝定在屋角的蜘蛛网上,凝定在镜子里我自己的影子上……

一切都真的给寂寞吞噬了吗?不,还有我自己,我试着抬一抬胳膊,还能抬得起;我摆了摆头,镜子里的影子也还随着动。我自己问:是谁把我放在这里的呢?是我自己,现在我才发现,就是自己,我能逃……

我能逃,然而,寂寞又跟上我了呀!在平常我们跑着百米抢书的图书馆,不是很热闹的吗?现在为什么也这样冷清呢?我从这头看到那头,像看一个朦胧的残梦,淡黄的阳光从窗子里穿进来造成一条光的路,又射在光滑的桌面上,不耀眼,不辉腾,只是死死地贴在桌上。像——像什么呢?我不愿意说,像乡间黑漆棺材上贴的金边。寥寥的几个看书的,错落地散坐着,使我想到月明夜天空里的星星,但也都石像似的坐着,不响也不动。是人么?不是,我左右看全不像,像木乃伊?又不像,因为我闻不到木乃伊应该有的那种香味;像死尸?有点,但也不全像,——我看到他们僵坐的姿势了,我看到他们一个个的翻着的死白的眼了。我现在知道他们像什么,像鱼市里的死鱼,一堆堆地排列着,鼓着肚皮,翻着白眼,可怕!然而我能逃,然而寂寞又跟上了我,我向哪里逃呢?

到了世界的末日了吗?世界的末日,多可怕!以前我曾自己想象,自己是世界上最后的一个生物,因了这无谓的想象,我流过不知多少汗,但是现在却真教我尝到这个滋味了。天空倒挂着,像个盆,远处的西山,近处的楼台,都仿佛剪影似的贴在这灰白盆底上。小鸟缩着脖子站在土山上,不动,像博物院里的标本;流水在冰下低缓地唱着丧歌;天空里破絮似的云片,看来像一贴贴的膏药,糊在我这寂寞的心上;枯枝丫杈着,看来像鱼刺,也刺着我这寂寞的心。

但是,我在身旁发现有人影在游动了,我知道,我自己不是世界上最后的生物,我在内心里浮起一丝笑意。但是(又是但是)却怪没等这笑意浮到脸上,我又看到我身旁的人也同样翻着死白的眼,像木乃伊?像僵尸?像鱼市上陈列的死鱼?谁耐心去管,战栗通过了我全身,我想逃,寂寞驱逐着我,我想逃,向哪里逃呢?——天哪!我不知道向哪里逃了。

夜来了,随了夜来的是更多的寂寞。当我从外面走回宿舍的时候,四周死一般沉寂,但总仿佛有悉索的脚步声绕在我四围。说声,其实哪里有什么声呢?只是我觉得有什么东西跟着我而已。倘若在白天,我一定说这是影子;倘若睡着了,我一定说这是梦。究竟是什么呢?我知道,这是寂寞,从远处我看到压在黑暗的夜气下面的宿舍,以前不是每个窗子都射出温热的软光来么?但是,变了,一切变了,大半的窗子都黑黑的,闭着寥寥的几个窗子,无力地迸射出几条光线来,又都是怎样暗淡灰白呢?——不,这不是窗子里射出的灯光,这是墓地里的鬼火,这是魔窟里的发出的魔光,我是到了鬼影憧憧的世界里了,我自己也成了鬼影了。

我平卧在床上,让柔弱的灯光流在我身上,让寂寞在我四周跳动，静听着远处传来的跫跫的足音，隐隐地，细细弱弱到听不清，听不见了。这声音从哪里传来的呢？是从辽远又辽远的国土里呀！是从寂寞的大沙漠里呀！但是，又像比辽远的国土更辽远。我的小屋是坟墓，这声音是从墓外过路人的脚下踬出来的呀！离这里多远呢？想象不出，也不能想象，望吧！是一片茫茫的白海流布在中间，海里是什么呢？是寂寞。

  隔了窗子，外面是死寂的夜，从蒙翳的玻璃里看出去，不见灯光，不见一切东西的清晰的轮廓，只是黑暗，在黑暗里的迷离的树影，丫杈着，刺着暗灰的天。在三个月前，这秃光的枯枝上，有过一串串的叶子，在萧瑟的秋风里打战，又罩上一层淡淡的黄雾。再往前，在五六个月以前吧，同样的这枯枝上织上一丛丛的茂密的绿，在雨里凝成浓翠，在毒阳下闪着金光。倘若再往前推，在春天里，这枯枝上嵌着一颗颗火星似的红花，远处看，辉耀着，像火焰。——但是，一转眼，溜到现在，现在怎样了呢？变了，全变了，只剩了秃光的枯枝，刺着天空，把小小的温热的生命力蕴蓄在这枯枝的中心，外面披上这层刚劲的皮，忍受着北风的狂吹，忍受着白雪的凝固，忍受着寂寞的来袭，同我一样。它也该同我一样切盼着春的来临，切盼着寂寞的退走吧。春什么时候会来呢？寂寞什么时候会走呢？这漫漫的长长的夜，这漫漫的更长的冬……

毁 誉

好誉而恶毁，人之常情，无可非议。

古代豁达之人倡导把毁誉置之度外。我则另持异说，我主张把毁誉置之度内。置之度外，可能表示一个人心胸开阔，但是，我有点担心，这有可能表示一个人的糊涂或颟顸。

我主张对毁誉要加以细致的分析。首先要分清：谁毁你？谁誉你？在什么时候？在什么地方？由于什么原因？这些情况弄不清楚，只谈毁誉，至少是有点模糊。

我记得在什么笔记上读到过一个故事。一个人最心爱的人，只有一只眼。于是他就觉得天下人（一只眼者除外）都多长了一只眼。这样的毁誉能靠得住吗？

还有我们常常讲什么"党同伐异"，又讲什么"臭味相投"等等。这样的毁誉能相信吗？

孔门贤人子路"闻过则喜"，古今传为美谈。我根本做不到，而且也不想做到，因为我要分析：是谁说的？在什么时候，在什么地点，因为什么而说的？分析完了以后，再定"则喜"，或是"则怒"。

喜，我不会过头。怒，我也不会火冒十丈，怒发冲冠。孔子说："野哉，由也！"大概子路是一个粗线条的人物，心里没有像我上面说的那些弯弯绕。

我自己有一个颇为不寻常的经验。我根本不知道世界上有某一位学者，过去对于他的存在，我一点都不知道，然而，他却同我结了怨。因为，我现在所占有的位置，他认为本来是应该属于他的，是我这个"鸠"把他这个"鹊"的"巢"给占据了。因此，勃然对我心怀不满。我被蒙在鼓里，很久很久，最后才有人透了点风给我。我不知道，天下竟有这种事，只能一笑置之。不这样又能怎样呢？我想向他道歉，挖空心思，也找不出丝毫理由。

大千世界，芸芸众生，由于各人禀赋不同，遗传基因不同，生活环境不同，所以各人的人生观、世界观、价值观、好恶观等等，都不会一样，都会有点差别。比如吃饭，有人爱吃辣，有人爱吃咸，有人爱吃酸，如此等等。又比如穿衣，有人爱红，有人爱绿，有人爱黑，如此等等。在这种情况下，最好是各人自是其是，而不必非人之非。俗语说："各人自扫门前雪，不管他人瓦上霜。"这话本来有点贬义，我们可以正用。每个人都会有友，也会有"非友"，我不用"敌"这个词儿，避免误会。友，难免有誉；非友，难免有毁。碰到这种情况，最好抱上面所说的分析的态度，切不要笼而统之，一锅糊涂粥。

好多年来，我曾有过一个"良好"的愿望：我对每个人都好，也希望每个人对我都好。只望有誉，不能有毁。最近我恍然大悟，那是根本不可能的。如果真有一个人，人人都说他好，这个人很可能是一个极端圆滑的人，圆滑到琉璃球又能长只脚的程度。

1997 年 6 月 23 日于同仁医院

容 忍

人处在家庭和社会中,有时候恐怕需要讲点容忍的。

唐朝有一个姓张的大官,家庭和睦,美名远扬,一直传到了皇帝的耳中。皇帝赞美他治家有道,问他道在何处,他一气写了一百个"忍"字。这说得非常清楚:家庭中要互相容忍,才能和睦。这个故事非常有名。在旧社会,新年贴春联,只要门楣上写着"百忍家声"就知道这一家一定姓张。中国姓张的全以祖先的容忍为荣了。

但是容忍也并不容易。1935 年,我乘西伯利亚铁路的车经苏联赴德国,车过中苏边界上的满洲里,停车四小时,由苏联海关检查行李。这是无可厚非的,入国必须检查,这是世界公例。但是,当时的苏联大概认为,我们这一帮人,从一个资本主义国家到另一个资本主义国家,恐怕没有好人,必须严查,以防万一。检查其他行李,我绝无意见。但是,在哈尔滨买的一把最粗糙的铁皮壶,却成了被检查的首要对象。这里敲敲,那里敲敲,薄薄的一层铁皮绝藏不下一颗炸弹的,然而他却敲打不止。我真有点无法容忍,想要发火。我身旁有一位年老的老外,是与我们同车的,看到我的神态,在我耳旁悄悄地说了句:"patience is the great virtue(容忍是很大的美德)。"我对他微笑,表示致谢。我立即心平气和,天下太平。

看来容忍确是一件好事,甚至是一种美德。但是,我认为,也必须有一个界限。我们到了德国以后,就碰到这个问题。旧时欧洲流行决斗之风,谁污辱了谁,特别是谁的女情人,被污辱者一定要提出决斗。或用手枪,或用剑。普希金就是在决斗中被枪打死的。我们到了的时候,此风已息,但仍发生。我们几个中国留学生相约:如果外国人污辱了我们自身,我们要揣度形势,主要要容忍,以东方的恕道克制自己。但是,如果他们污辱我们的国家,则无论如何也要同他们玩儿命,绝不容忍。这就是我们容忍的界限。幸亏这样的事情没有发生,否则我就活不到今天在这里舞笔弄墨了。

现在我们中国人的容忍水平,看了真让人气短。在公共汽车上,挤挤碰碰是常见的现象。如果碰了或者踩了别人,连忙说一声:"对不起!"就能够化干戈为玉帛,然而有不少人连"对不起"都不会说了。于是就相吵相骂,甚至于扭打,甚至打得头破血流。我们这个伟大的民族怎么竟变成了这个样子!我在自己心中暗暗祝愿:容忍兮,归来!

1996 年 12 月 17 日

忘

记得曾在什么地方听过一个笑话:一个人善忘。一天,他到野外去出恭。任务完成后,却找不到自己的腰带了。出了一身汗,好歹找到了,大喜过望,说道:"今天运气真不错,平白无故地捡了一条腰带!"一转身,不小心,脚踩到了自己刚才拉出来的屎堆上,于是勃然大怒:"这是哪一条混账狗在这里拉了一泡屎?"

这本来是一个笑话,在我们现实生活中,未必会有的。但是,人一老,就容易忘事糊涂,却是经常见到的事。

我认识一位著名的画家,本来是并不糊涂的。但是,年过八旬以后,却慢慢地忘事糊涂起来。我们将近半个世纪以前就认识了,颇能谈得来,而且平常也还是有些接触的。然而,最近几年来,每次见面,他都会把我的尊姓大名完全忘了。从眼镜后面流出来的淳朴宽厚的目光,落到我的脸上,其中饱含着疑惑的神气。我连忙说:"我是季羡林,是北京大学的。"他点头称是。但是,过了没有五分钟,他又问我:"你是谁呀!"我敬谨回答如上。在每一次会面中,尽管时间不长,这样尴尬的局面总会出现几次。我心里想:老友确是老了！

有一年，我们邂逅在香港。一位有名的企业家设盛筵，宴嘉宾。香港著名的人物参加者为数颇多，比如饶宗颐、邵逸夫、杨振宁等先生都在其中。宽敞典雅、雍容华贵的宴会厅里，一时珠光宝气、璀璨生辉，可谓极一时之盛。至于菜肴之精美，服务之周到，自然更不在话下了。我同这一位画家老友都是主宾，被安排在主人座旁。但是正当觥筹交错、逸兴遄飞之际，他忽然站了起来，转身要走，他大概认为宴会已经结束，到了拜拜的时候了。众人愕然，他夫人深知内情，赶快起身，把他拦住，又拉回到座位上，避免了一场尴尬的局面。

前几年，中国敦煌吐鲁番学会在富丽堂皇的北京图书馆的大报告厅里举行年会。我这位画家老友是敦煌学界的元老之一，获得了普遍的尊敬。按照中国现行的礼节，必须请他上主席台并且讲话。但是，这却带来了困难。像许多老年人一样，他脑袋里刹车的部件似乎老化失灵。一说话，往往像开汽车一样刹不住车，说个不停，没完没了。会议是有时间限制的，听众的忍耐也绝非无限。在这危难之际，我同他的夫人商议，由她写一个简短的发言稿，往他口袋里一塞，叮嘱他念完就算完事，不悖行礼如仪的常规。然而他一开口讲话，稿子之事早已忘入九霄云外，看样子是打算从盘古开天辟地讲起。照这样下去，讲上几千年，也讲不到今天的会。到了听众都变成了化石的时候，他也许才讲到春秋战国！我心里急如热锅上的蚂蚁，忽然想到：按既定方针办。我请他的夫人上台，从他的口袋掏出了讲稿,耳语了几句。他恍然大悟,点头称是,把讲稿念完,回到原来的座位。于是一场惊险才化险为夷,皆大欢喜。

我比这位老友小六七岁。有人赞我耳聪目明,实际上是耳欠聪,目欠明。如人饮水,冷暖自知,其中滋味,实不足为外人道也。但是,我脑袋里的刹车部件,虽然老化,尚可使用。再加上我有点自知之明,我的新座右铭是:老年之人,刹车失灵,戒之在说。一向奉行不违,还没有碰到下不了台的窘境,在潜意识中颇有点沾沾自喜了。

然而我的记忆机构也逐渐出现了问题。虽然还没有达到画家老友那样"神品"的水平,也已颇有可观。在这方面,我是独辟蹊径,创立了有季羡林特色的"忘"的学派。

我一向对自己的记忆力,特别是形象的记忆,是颇有一点自信的。四五十年前,甚至六七十年前的一个眼神、一个手势,至今记忆犹新,招之即来,显现在眼前、耳旁,如见其形,如闻其声;移到纸上,即成文章。可是,最近几年以来,古旧的记忆尚能保存,对眼前非常熟的人,见面时往往忘记了他的姓名。在第一瞥中,他的名字似乎就在嘴边、舌上。然而一转瞬间,不到十分之一秒,这个呼之欲出的姓名,就蓦地隐藏了起来,再也说不出了。说不出,也就算了。这无关宇宙大事、国家大事,甚至个人大事,完全可以置之不理的。而且脑袋里断了的保险丝,还会接上的。些许小事,何必介意?然而不行,它成了我的一块心病。我像着了魔似的,走路、看书、吃饭、睡觉,只要思路一转,立即想起此事。好像是,如果想不出来，自己就无法活下去，地球就停止了转动。我从字形上追忆，没有结果；我从发音上追忆，结果杳然。最怕半夜里醒来，本来睡得香香甜甜，如果没有干扰，保证一夜幸福。然而，像电光石火一闪，名字问题又浮现出来。古人常说的平旦之气，是非常美妙的，然而此时却美妙不起来了。我辗转反侧，瞪着眼一直瞪到天亮，其苦味实不足为外人道也。但是，不知道是哪一位神灵保佑，脑袋又像电光石火似的忽然一闪，他的姓名一下子出现了。古人形容快乐常说，"洞房花烛夜，金榜题名时"，差可同我此时的心情相比。

这样小小的悲喜剧，一出刚完，又会来第二出。有时候对于同一个人的姓名，竟会上演两出这样的戏，而且出现的频率还是越来越多。自己不得不承认，自己确实是老了。郑板桥说："难得糊涂。"对我来说，并不难得，我于无意中得之，岂不快哉！

然而忘事糊涂就一点好处都没有吗？

我认为，有的，而且很大。自己年纪越来越老，对于"忘"的评价却越来越高，高到了宗教信仰和哲学思辨的水平。苏东坡的词说："人有悲欢离合，月有阴晴圆缺，此事古难全。"他是把悲和欢、离和合并提。然而古人说："不如意事常八九。"这是深有体会之言。悲总是多于欢，离总是多于合，几乎每个人都是这样。如果造物主——如果真有的话——不赋予人类以"忘"的本领——我宁愿称之为本能——那么，我们人类在这么多的悲和离的重压下，能够活下去吗？我常常暗自胡思乱想：造物主这玩意儿（用《水浒》的词儿，应该说是"这话儿")真是非常有意思。他（她？它？）既严肃，又油滑；既慈悲，又残忍。老子说："天地不仁，以万物为刍狗。"这话真说到了点子上。人生下来，既能得到一点乐趣，又必须忍受大量的痛苦，后者所占的比重要多得多。如果不能"忘"，或者没有"忘"这个本能，那么痛苦就会时时刻刻都新鲜生动，时时刻刻像初产生时那样剧烈残酷地折磨着你。这是任何人都无法忍受下去的。然而，人能"忘"，渐渐地从剧烈到淡漠、再淡漠、再淡漠，终于只剩下一点残痕；有人，特别是诗人，甚至爱抚这一点残痕，写出了动人心魄的诗篇，这样的例子，文学史上还少吗？

因此，我必须给赋予我们人类"忘"的本能的造化小儿大唱赞歌。试问，世界上哪一个圣人、贤人、哲人、诗人、阔人、猛人，这人，那人，能有这样的本领呢？

我还必须给"忘"大唱赞歌。试问：如果人人一点都不忘，我们的世界会成什么样子呢？

遗憾的是，我现在尽管在"忘"的方面已经建立了有季羡林特色的学派，可是自谓在这方面仍是钝根。真要想达到我那位画家朋友的水平，仍须努力。如果想达到我在上面说的那个笑话中人的境界，仍是可望而不可即。但是，我并不气馁，我并没有失掉信心。有朝一日，我总会达到的。勉之哉！勉之哉！

1993 年 7 月 6 日

送 礼

我们中国究竟是礼仪之邦,所以每逢过年过节,或有什么红白喜事,大家就忙着送礼。既然说是"礼",当然是向对方表示敬意的。譬如说,一个朋友从杭州回来,送给另外一个朋友一只火腿,二斤龙井;知己的还要亲自送了去,免得受礼者还要赏钱。你能说这不是表示亲热么?又如一个朋友要结婚,但没有钱,于是大家凑个分子送了去,谁又能说这是坏事呢?

事情当然是好事情,而且想起来极合乎人情,一点也不复杂;然而实际上却复杂艰深到万分,几乎可以独立成一门学问:送礼学。第一,你先要知道送应节的东西。譬如你过年的时候,提了几瓶子汽水,一床凉席去送人,这不是故意开玩笑吗?还有五月节送月饼,八月节送粽子,最少也让人觉得你是外行。第二,你还要是一个好的心理学家,能观察出对方的心情和爱好来。对方倘若喜欢吸烟,你不妨提了几听三炮台恭恭敬敬送了去,一定可以得到青睐。对方要是喜欢杯中物,你还要知道他是维新派或保守派。前者当然要送法国的白兰地,后者本地产的白干或五加皮也就行了。倘若对方的思想"前进"，你最好订一份《文汇报》送了去，一定不会退回的。

　　但这还不够，买好了应时应节的东西，对方的爱好也揣摩成熟了，又来了怎样送的问题。除了很知己的以外，多半不是自己去送，这与面子有关系；于是就要派听差，而这个听差又必须是个好的外交家，机警、坚忍、善于说话，还要有一副厚脸皮，这样才能不辱使命。拿了东西去送礼，论理说该到处受欢迎，但实际上却不然。受礼者多半喜欢节外生枝，东西虽然极合心意，却偏不立刻收下。据说这也与面子有关系。听差把礼物送进去，要沉住气在外面等。一会儿，对方的听差出来了，把送去的礼物又提出来，说："我们老爷太太谢谢某老爷太太，盛意我们领了，礼物不敢当。"倘若这听差真信了这话，提了东西就回家来，这一定糟，说不定就打破饭碗。但外交家的听差却绝不这样做。他仍然站着不走，请求对方的听差再把礼物提进去。这样往来斗争许久，对方或全收下，或只收下一半，只要与临来时老爷太太的密令不冲突，就可以安然接了赏钱回来了。

　　上面说的可以说是常态的送礼，可惜（或者也并不可惜）还有变态的。我小的时候，我们街上住着一个穷人，大家都喊他"地方"，有学问的人说，这就等于汉朝的亭长。每逢年节的早上，我们的大门刚一开，就会看到他笑嘻嘻地一手提了一只鸡，一手提了两瓶酒，跨进大门来。鸡咯咯地大吵大嚷，酒瓶上的红签红得炫人眼睛。他嘴里却喊着："给老爷太太送礼来了。"于是我婶母就立刻拿出几毛钱来交给老妈子送出去。这"地方"接了钱，并不像一般送礼的一样,还要努力斗争,却仍旧提了鸡和瓶子笑嘻嘻地走到另一家去喊去了。这景象我一年至少见三次,后来也就不以为奇了。但有一年的某一个节日的清晨,却见这位地方愁容满面地跨进我们的大门,嘴里不喊"给老爷太太送礼来了",却拉了我们的老妈子交头接耳说了一大篇,后来终于放声大骂起来,老妈子进去告诉了我婶母,仍然是拿了几毛钱送出来。这"地方"道了声谢,出了大门,老远还听到他的骂声。后来老妈子告诉我,他的鸡是自己养了预备下蛋的,每逢过年过节,就暂且委屈它一下,被缚了双足倒提着陪他出来逛大街。玻璃瓶子里装的只是水,外面红签是向铺子里借用的。"地方"送礼,在我们那里谁都知道他的用意,所以从来没有收的。他跑过一天,衣袋塞满了钞票才回来,把瓶子里的水倒出来,把鸡放开。它在一整天"陪绑"之余,还忘不了替他下一个蛋。但今年这"地方"倒运,向第一家送礼,就遇到一家才搬来的外省人。他们竟老实不客气地把礼物收下了。这怎能不让这"地方"愤愤呢?他并不是怕瓶子里的凉水给他泄漏真相,心痛的还是那只鸡。

另外一种送礼法也很新奇,虽然是"古已有之"的。我们常在笔记小说里看到,某一个督抚把金子装到坛子里当酱菜送给京里的某一位王公大人。这是古时候的事,但现在也还没有绝迹。我的一位亲戚在一个县衙门里做事,因与县太爷是朋友,所以地位很重要。在晚上回屋睡觉的时候,常常在棉被下面发现一堆银圆或别的值钱的东西。有时候不知道,把这堆银圆抖到地上,哗啦一声,让他吃一惊。这都是送来的"礼"。

这样的"礼"当然不是每个人都有资格接受的。他一定是个什么官,最少也要是官的下属,能让人生,也能让人死,所以才有人送这许多金子银圆来。官都讲究面子,虽然要钱,却不能干脆当面给他。于是就想出了这种种的妙法。我上面已经提到送礼是一门学问,送礼给官长更是这门学问里面最深奥的。须要经过长期的研究、简练揣摩,再加上实习,方能得到其中的奥秘。能把钱送到官长手中,又不伤官长的面子,能做到这一步,才算是得其门而入了。也有很少例外,官长开口向下面要一件东西,居然得不到。以前某一个小官藏有一颗古印,他的官长很喜欢,想拿走。他跪在地上叩头说:"除了我的太太和这块古印以外,我没有一件东西不能与大人共享的。"官长也只好一笑置之了。

普通人家送礼没有这样有声有色,但在平庸中有时候也有杰作。有一次我们家把一盒有特别标志的点心当礼物送出去。隔了一年,一个相熟的胖太太到我们家来拜访,又恭而敬之把这盒点心提给我们。嘴里还告诉我们:"这都是小意思,但点心是新买的,可以尝尝。"我们当时都忍不住想笑,好歹等这位胖太太走了,我们就动手去打开。盒盖一开,立刻有一股奇怪的臭味从里面透出来。再把纸揭开,点心的形状还是原来的,但上面满是小的飞蛾,一块也不能吃了,只好掷掉。在这一年内,这盒点心不知代表了多少人的盛意,被恭恭敬敬地提着或托着从一家到一家,上面的签和铺子的名字不知换过了多少次,终于又被恭而敬之提回我们家来。"解铃还须系铃人",我们还要把它丢掉。

我虽然不怎样赞成这样送礼，但我觉得这办法还算不坏。因为只要有一家出了钱买了盒点心就会在亲戚朋友中周转不息，一手收进来，再一手送出去，意思表示了，又不用花钱。不过这样还是麻烦，还不如仿效前清御膳房的办法，用木头刻成鸡鱼肉肘，放在托盘里，送来送去，你仍然不妨说："这鱼肉都是新鲜的。一点小意思，千万请赏脸。"反正都是"彼此彼此"，诸位心照不宣。绝对不会有人来用手敲一敲这木头鱼肉的。这样一来，目的达到了，礼物却不霉坏，岂不是一举两得？在我们这喜欢把最不重要的事情复杂化了的礼仪之邦，我这发明一定有许多人欢迎，我预备立刻去注册专利。

傻 瓜

天下有没有傻瓜？有的，但却不是被别人称作"傻瓜"的人，而是认为别人是傻瓜的人，这样的人自己才是天下最大的傻瓜。

我先把我的结论提到前面明确地摆出来，然后再条分缕析地加以论证。这有点违反胡适之先生的"科学方法"。他认为，这样做是西方古希腊亚里士多德首倡的演绎法，是不科学的。科学的做法是他和他老师杜威的归纳法，先不立公理或者结论，而是根据事实，用"小心的求证"的办法，去搜求证据，然后才提出结论。

我在这里实际上并没有违反"归纳法"。我是经过了几十年的观察与体会，阅尽了芸芸众生的种种相，去粗取精、去伪存真以后，才提出了这样的结论。为了凸现它的重要性，所以提到前面来说。

闲言少叙，书归正传。有一些人往往以为自己最聪明，他们争名于朝，争利于市，锱铢必较，斤两必争。如果用正面手段，表面上的手段达不到目的的话，则也会用些负面的手段、暗藏的手段，来蒙骗别人，以达到损人利己的目的。结果怎样呢？结果是：有的人真能暂时得逞，"春风得意马蹄疾，一日看尽长安花"。大大地辉煌了一阵，然后被人识破，由座上客一变而为阶下囚。有的人当时就能丢人现眼。《红楼梦》中有两句话说："机关算尽太聪明，反误了卿卿性命。"这话真说得又生动，又真实。我绝不是说，世界上人人都是这样子，但是，从中国到外国，从古代到现代，这样的例子还算少吗？

原因何在？原因就在于：这些人都把别人当成了傻瓜。

我们中国有几句尽人皆知的俗话："善有善报，恶有恶报；不是不报，时候未到；时候一到，一切皆报。"这真是见道之言。把别人当傻瓜的人，归根结底，会自食其果。古代的统治者对这个道理似懂非懂。他们高叫："民可使由之，不可使知之。"是想把老百姓当傻瓜，但又很不放心，于是派人到民间去采风，采来了不少政治讽刺歌谣。杨震是聪明人，对向他行贿者讲出了"四知"。他知道得很清楚：除了天知、地知、你知、我知之外，不久就会有一个第五知：人知。他是不把别人当作傻瓜的。还是老百姓最聪明，他们中的聪明人说："若要人不知，除非己莫为。"他们不把别人当傻瓜。

可惜把别人当傻瓜的现象，自古亦然，于今尤烈。救之之道只有一条：不自作聪明，不把别人当傻瓜，从而自己也就不是傻瓜。哪一个时代，哪一个社会，只要能做到这一步，全社会就都是聪明人，没有傻瓜，全社会也就会安定团结。

1997 年 3 月

炼 话

在世界上，不管是哪一个时代，也不管是哪一个民族，在长期与自然的斗争中，在阶级斗争中，在处世、待人、接物中，都积累了不少的经验与教训。表达这些经验与教训的方式是多种多样的。用谚语来表达可以说是其中最常见、最方便、最易行的。

谚语，有的人称之为"炼话"，就是精炼的话。既然是精炼，就不会太长。不太长，也就容易记住。有不少炼话，又合辙押韵，就更容易记住。因此，在全世界各地老百姓口中，文人学士的著作中，都不可避免地有一些谚语。谚语实际上就成了一个民族继承传统智慧的工具。

在我们中国，在过去，已经有不少的有心人搜集过谚语，并且印成了书，在国外很多国家，都有这样的有心人，他们也做过搜集谚语的工作，而且出了书。一般都只限于一个国家。跨国的谚语词典也是有的。1972年在意大利出版的意、拉丁、法、西、德、英、古希腊七种语言对照的《谚语词典》就是其中最著名的一部。这一部书受到了国际上普遍的欢迎。

现在王常在同志的《中外谚语选》又摆在我们眼前了。据我所知道的，中国过去搜集谚语的书虽然相当多，但是范围大到"古今中外"却还是第一部。过去有一些谚语集只注意中，而不注意外；只注意古，而不注意今；现在这一部却避免了这个缺点，连社会主义建设时期的谚语都搜集起来，真可谓洋洋大观了。只要看一看目录就可以知道，内容是多么丰富，分类是多么细致。它几乎包括了人生的各个方面。我们从中可以学习如何说话，如何做人，如何修养，如何学习，如何工作，如何待人，如何立志，如何勤奋，如何处理家庭问题，如何讲究卫生，总之，处世待人，应对进退，人生社会生活各个方面几乎都包罗无遗。不但中华民族的过去的智慧，而且世界上许多国家人民过去的智慧，一开卷，就都跃然纸上。从前有一句也算是谚语的话："秀才不出门，便知天下事。"其中有合理的成分，也难免有一点夸大。今天我们稍稍加以改动："秀才不出门，便得天下利。"把这句话用到王常在同志这一本书上，也许没有人反对吧。

我上面讲到搜集谚语都是古今中外的一些有心人。我现在觉得，在这些有心人中，王常在同志是最有心的人。难道我这是阿谀奉承吗？不是的。我同老王同志认识的时间并不长，只有几年的时间。他从外单位调到北大来主管总务方面的工作，去年又离开了北大。我是最怕同人交际的人，对老王也不例外。平常只是开会时见见面，说上几句寒暄话，如此而已。但是我却逐渐发现，常在同志为人非常淳朴正派，心直口快，不像我有时候见到的极少数有"官"架子的人。虽然我们的交情仍然是"淡如水",但心中却有了好感。

但是,我却万万没有想到,王常在同志竟然用了三十年的时间搜集古今中外的谚语。说句坦白的话,我下意识地认为,只有像我这样的"知识分子"才能干这个活,而王常在同志却是被我在下意识中排出于知识分子之外的人。我认为他也不过是搞一点后勤工作,关心人的吃喝拉撒睡。言外之意,就是没有什么了不起。搜集谚语这样的工作简直同他风马牛不相及,用最大的幻想力也不会连在一起的。现在回想起来,我真实的思想,尽管是下意识的,就是这样。

我这个人有很多毛病,但是在新中国成立后,我逐渐有了一点自知之明,经常在剖析自己,觉得自己是一个非常平庸的人,对别人还是知道尊重的。可是,王常在同志这个例子却明确无误地告诉我,我在下意识中还放不下知识分子的架子。我们自己认为是知识分子的人,有时候知识并不很多,傲气却并不少。王常在同志尽管不在大学里教书,他却是最好的知识分子。他能够在做好本职工作之余,搜集古今中外的谚语,做出这样有意义的工作。我说他是有心人中的有心人,难道不公允吗?

在这个意义上来讲,除了从王常在同志搜集的谚语中可以学习到许多有益的东西之外,王常在同志又成为我的一面镜子,从中照见自己的不足,促进自己的思想改造。因此,虽然我对搜集谚语的工作了解不多,我写的序也绝不会为本书增辉,但当王常在同志提出要我为本书写一篇序言的时候,我却满口答应了下来,写了上面这一些话。

知足知不足

曾见冰心老人为别人题座右铭:"知足知不足,有为有不为。"言简意赅,寻味无穷。特写短文两篇,稍加诠释。先讲知足知不足。

中国有一句老话:"知足常乐。"为大家所遵奉。什么叫"知足"呢?还是先查一下字典吧。《现代汉语词典》说:"知足,满足于已经得到的(指生活、愿望等)。"如果每个人都能满足于已经得到的东西,则社会必能安定,天下必能太平,这个道理是显而易见的。可是社会上总会有一些人不安分守己,癞蛤蟆想吃天鹅肉。这样的人往往要栽大跟头的。对他们来说,"知足常乐"这句话就成了灵丹妙药。

但是,知足或者不知足也要分场合的。在旧社会,穷人吃草根树皮,阔人吃燕窝鱼翅。在这样的场合下,你劝穷人知足,能劝得动吗?正相反,应当鼓励他们不能知足,要起来斗争。这样的不知足是正当的,是有重大意义的,它能伸张社会正义,能推动人类社会前进。

除了场合以外,知足还有一个分(fèn)的问题。什么叫"分"?笼统言之,就是适当的限度。人们常说的"安分""非分"等等,指的就是限度。这个限度也是极难掌握的,是因人而异、因地而异的。

勉强找一个标准的话，那就是"约定俗成"。我想，冰心老人之所以写这一句话，其意不过是劝人少存非分之想而已。

至于知不足，在汉文中虽然字面上相同，其含义则有差别。这里所谓"不足"，指的是"不足之处""不够完美的地方"。这句话同"自知之明"有联系。

自古以来，中国就有一句老话："人贵有自知之明。"这一句话暗示给我们，有自知之明并不容易，否则这一句话就用不着说了。事实上也确实如此。就拿现在来说，我所见到的人，大都自我感觉良好。专以学界而论，有的人并没有读几本书，却不知天高地厚，以天才自居，靠自己一点小聪明——这能算得上聪明吗？——狂傲恣睢，骂尽天下一切文人，大有用一管毛锥横扫六合之慨，令明眼人感到既可笑、又可怜。这种人往往没有什么出息。因为，又有一句中国老话："学如逆水行舟，不进则退。"还有一句中国老话："学海无涯。"说的都是真理。但在这些人眼中，他们已经穷了学海之源，往前再没有路了，进步是没有必要的。他们除了自我欣赏之外，还能有什么出息呢？

古代希腊人也认为自知之明是可贵的，所以语重心长地说出了："要了解你自己！"中国同希腊相距万里，可竟说了几乎是一模一样的话，可见这些话是普遍的真理。中外几千年的思想史和科学史，也都证明了一个事实：只有知不足的人才能为人类文化做出贡献。

2001 年 2 月 21 日

世态炎凉

世态炎凉,古今所共有,中外所同然,是最稀松平常的事,用不着多伤脑筋。元曲《冻苏秦》中说:"也素把世态炎凉心中暗忖。"《隋唐演义》中说:"世态炎凉,古今如此。"不管是"暗忖",还是明忖,反正你得承认这个"古今如此"的事实。

但是,对世态炎凉的感受或认识的程度,却是随年龄的大小和处境的不同而很不相同的,绝非大家都一模一样。我在这里发现了一条定理:年龄大小与处境坎坷同对世态炎凉的感受成正比。年龄越大,处境越坎坷,则对世态炎凉感受越深刻。反之,年龄越小,处境越顺利,则感受越肤浅。这是一条放诸四海而皆准的定理。

我已到望九之年,在八十多年的生命历程中,一波三折,好运与多舛相结合,坦途与坎坷相混杂,几度倒下,又几度爬起来,爬到今天这个地步。我可是真正参透了世态炎凉的玄机,尝够了世态炎凉的滋味。从牛棚里放出来以后,有长达几年的一段时间,我成了燕园中一个"不可接触者"。走在路上,我当年辉煌时对我低头弯腰毕恭毕敬的人,那时却视若路人,没有哪一个敢或肯跟我说一句话的。我也不习惯于抬头看人，同人说话。我这个人已经异化为"非人"。一天，我的孙子发烧到四十摄氏度，老祖和我用破自行车推着到校医院去急诊。一个女同事竟吃了老虎心豹子胆似的，帮我这个已经步履蹒跚的花甲老人推了推车。我当时感动得热泪盈眶，如吸甘露，如饮醍醐。这件事、这个人我毕生难忘。

　　雨过天晴，云开雾散，我不但"官"复原职，而且还加官晋爵，又开始了一段辉煌。原来是门可罗雀，现在又是宾客盈门。你若问我有什么想法没有，想法当然是有的，一个忽而上天堂，忽而下地狱，又忽而重上天堂的人，哪能没有想法呢？我想的是：世态炎凉，古今如此。任何一个人，包括我自己在内，以及任何一个生物，从本能上来看，总是趋吉避凶的。因此，我没怪罪任何人，包括打过我的人。我没有对任何人打击报复。并不是由于我度量特别大，能容天下难容之事，而是由于我洞明世事，又反求诸躬。假如我处在别人的地位上，我的行动不见得会比别人好。

1997 年

趋炎附势

写了《世态炎凉》,必须写《趋炎附势》。前者可以原谅,后者必须切责。

什么叫"炎"?什么叫"势"?用不着咬文嚼字,指的不过是有权有势之人。什么叫"趋"?什么叫"附"?也用不着咬文嚼字,指的不过是巴结、投靠、依附。这样干的人,古人称之为"小人"。

趋附有术,其术多端,而归纳之,则不出三途:吹牛,拍马,做走狗。借用太史公的三个字而赋予以新义,曰牛、马、走。

现在先不谈第一和第三,只谈中间的拍马。拍马亦有术,其术亦多端。就其大者或最普通者而论之,不外察言观色,胁肩谄笑,攻其弱点,投其所好。但是这样做,并不容易,这里需要聪明,需要机警,运用之妙,存乎一心。这是一门大学问。

记得在某一部笔记上读到过一个故事。某书生在阳间善于拍马,死后见到阎王爷,他知道阴间同阳间不同,阎王爷威严猛烈,动不动就让死鬼上刀山,入油锅。他连忙跪在阎王爷座前,坦白承认自己在阳间的所作所为,说到动情处,声泪俱下。他恭颂阎王爷执法严明，不给人拍马的机会。这时阎王爷忽然放了一个响屁。他跪行向前，高声论道："伏惟大王洪宣宝屁，声若洪钟，气比兰麝。"于是阎王爷"龙"颜大悦，既不罚他上刀山，也没罚他入油锅，生前的罪孽，一笔勾销，让他转生去也。

笑话归笑话，事实还是事实，人世间这种情况还少吗？古今皆然，中外同归。中国古典小说中，有很多很多的靠拍马屁趋炎附势的艺术形象。《今古奇观》里面有，《红楼梦》里面有，《儒林外史》里面有，最集中的是《官场现形记》和《二十年目睹之怪现状》。

在尘世间，一个人的荣华富贵，有的甚至如昙花一现。一旦失意，则如树倒猢狲散，那些得意时对你趋附的人，很多会远远离开你，这也罢了。个别人会"反戈一击"，想置你于死地，对新得意的人趋炎附势。这种人当然是极少极少的，然而他们是人类社会的蛀虫，我们必须高度警惕。

我国的传统美德，对这类蛀虫，是深恶痛绝的。孟子说："胁肩谄笑，病于夏畦。"我在上面列举的小说中，之所以写这类蛀虫，绝不是提倡鼓励，而是加以鞭笞，给我们竖立一面反面教员的镜子。我们都知道，反面教员有时候是能起作用的，有了反面，才能更好地、更鲜明地突出正面。这大大有利于发扬我国优秀的道德传统。

1997 年 3 月 27 日

对号入座

"对号入座"是一句常说的话,一看就明白。

什么会场,什么剧场,里面的座位都分排标号。你一券在手,入门查号;查准了,安然坐下,天下大定。

我现在想讲的却不是这样的"对号入座",而是它的引申意义。人们嘴里常说的"对号入座",几乎全部是引申意义。

我把这句话的引申意义分为两类:一是积极的,二是消极的。积极的起积极作用,消极的起消极作用,下文自明。

在文坛或学坛上,有人写文章表扬或批评某一种现象,并没有指名道姓;但是,你不妨对号入座一下:找一找和自己的情况近似的地方,以之为借鉴,照一下自己,有则改之,无则加勉,这是大有好处的。

这就是我所说的积极的引申意义。

与此相反的是消极的引申意义。这种例子,在中国几千年的历史上,不胜枚举。远的不必说了,只说清代。清代的几个皇帝,特别是那一位主持纂修《四库全书》的乾隆,因为自己是"胡",是

"虏",特别怕见这样的字眼儿。于是就学习阿Q（应该说是阿Q学习乾隆），尽量把这样的字眼儿从书中除掉，给后人留下了万劫难复的笑柄。

　　我可万没有想到，这种消极的"对号入座"到了今天，仍时有表现。听说，有的教科书不敢选入岳飞的"满江红"，因为里面有"胡""虏"等字样，这些字样刺痛了我们一些同胞的神经。他们主张，中国历史上的对外战争都是内战，当年汉族的敌对者今天都已成了我们的同胞。这话有一部分道理，但是经不起推敲。民族融合，举世皆然。中国从先秦经过汉、唐、宋、元、明、清等朝代的北方侵入者，当年确系敌国。我们不能把古代史现代化。今天他们已融入中华民族的大家庭中，但并不是所有的人都已融入。根据他们的说法，中国历史上只有内战牺牲者，而没有爱国者，著名的岳飞、文天祥都不是爱国者，西湖的岳庙以及普天下的文丞相祠似乎都无存在的必要了。这种想法，这种"对号入座"，是有害的，不利于我们五十六个民族组成中华民族的大团结。劝君切莫这样"对号入座！"

爽朗的笑声

据说,只有人是会笑的。我活在这个大地上几十年中,曾经笑过无数次,也曾看到别人笑过无数次。我从来没有琢磨过人会不会笑的问题,就好像太阳从东方出来,人们天天必须吃饭这样一些极其自然的、明明白白的、尽人皆知的、用不着去探讨的现象一样,无须再动脑筋去关心了。

然而,人是能够失掉笑的。

就连人能够失掉笑这个事实我以前也没有探讨过,不是用不着去探讨,而是没有想到去探讨,没有发现有探讨的必要,因为我从来还没有遇到过失掉了笑的人,没有想到过会有失掉了笑的人,好像没有遇到过鬼或者阴司地狱,没有想到过有鬼或者有阴司地狱那样。

人又怎能失掉笑呢?

我认识一位参加革命几十年的老干部。虽然他资格老,然而从来不摆老资格,不摆架子。我一向对老干部怀着说不出的、极其深厚的、出自内心的感情与敬佩。他们好像是我的一面镜子,可以照见自己的不足，激励自己前进。因此，我就很愿意接近他，愿意对他谈谈自己的思想。当然并不限于这些。我们有时简直是海阔天空，上下古今，文学艺术，哲学宗教，无所不谈。他给我留下了非常深刻的印象，特别是在闲谈时他的笑声更使我永生难忘。这不是会心的微笑，而是出自肺腑的爽朗的笑声。这笑声悠扬而清脆，温和而热情；它好像有极大的感染力，一听到它，顿觉满室生春，连一桌一椅都仿佛充满了生气，一花一草都仿佛洋溢出活力。有时候我甚至觉得这笑声冲破了高楼大厦，冲出了窗户和门，到处漂流回荡，响彻了整个燕园。

想当初当我听到这笑声的时候，我并没有觉得它怎样难能可贵，怎样不可缺少，就同日光空气一样，抬眼就可以看到，张嘴就可以吸入。又像春天的和风，秋日的细雨，只要有春天，有秋天，自然而然地就可以得到。中国古诗说"司空见惯浑闲事"，我一下子变成了古时候的司空了。

然而好景不长，天空里突然堆起了乌云，跟着来的是一场暴风骤雨。这一场暴风骤雨真是来得迅猛异常。不但我们自己没有经受过，而且也没有听说别人曾经经受过。我们都仿佛当头挨了一棒，直打得天旋地转，昏头昏脑。

在这期间，我也曾几次遇到过他，都是在路上。我看到他从远处走了过来，垂目低头，步履蹒跚。以前我看惯了的他那种矫健的步伐，轻捷的行姿，已经消逝得无影无踪了。我有时候下意识地迎上前去，好像是要做点什么，但是快到跟前的时候，最多也不过彼此相顾一下，立刻又低下了头，别转开脸，我们已经到了彼此不敢讲话、不能讲话的地步了。至于在这样的时刻他是怎样想的，我说不清楚。我心里只觉得一阵凄凉，眼泪立刻夺眶而出了。

有一次，我在校医院门前遇到了他。这一回不是孤身一人，而是有一个年老的妇女扶着他。他的身体似乎更不行了，路好像都走不全，腿好像都迈不开，脚好像都抬不起，颤巍巍地好不容易地向前挪动，费了好大劲才挪进了医院的大门，看样子是患了病。我一时冲动，很想鼓足了勇气走上前去探问一声。然而我不敢。那暴风骤雨的情景猛不丁地展现在我眼前，我那一点剩勇好像是微弱的爝火，经雨一打，立刻就熄灭了。我不敢保证，如果再有一次那样的暴风骤雨，是否我还能经受得住。我硬是压下了我那向前去探问的冲动，只是站在远处注视着他。我是多么关心他的身体啊！然而我无能为力，我只能站在一旁看。幸好他并没有注意到我，否则也会引起他内心的激动，这样的激动对他的身体肯定是没有好处的。我全神贯注地注视着他，看他走进了校医院的玻璃门，他的身影在里面直晃动，在挂号处停留了一会儿，又被搀扶到走廊里去，身影于是完全消逝，大概是到哪一个屋子门口去等候大夫呼唤了。

当时我虽然注视了他很久很久，但是在开头时并没有发现有什么特异的情况，对他的身体的关心占住了我整个的注意力。等到他的身影消逝以后，我猛然发现，他脸上一点笑容都没有，他成了一个不会笑的人，他已经把笑失掉，当然更不用说那爽朗的笑声了。我心里猛烈地一震，我自己的这一个平凡又伟大的发现使我吃惊。

我从前只知道笑是人的本能；现在我又知道，人是连本能也会失掉的。我活了六十多年才发现了这样一个真理，然而这是一个多么残酷多么令人不寒而栗的真理啊！

我自己怎样呢？他在这里又在另外一种意义上成了我的一面镜子。拿这面镜子一照，我同他原来是一模一样，我脸上也是一点笑容都没有，我也成了一个不会笑的人，我也把笑失掉了。如果自己不拿这面镜子来照一照，这情况我是不会知道的。因为没有一个人会告诉我，没有一个人敢告诉我。像我这样的人，当时是没有几个人肯同我说话的。如果有大胆的人敢同我说上几句话，我反而感到不自然，感到受宠若惊。不时飞来的轻蔑的一瞥，意外遇到的大声的申斥，我倒安之若素，倒觉得很自然。我当时就像白天的猫头鹰，只要能避开人，我一定避开；只要有小路，我绝不走大路；只要有房后的野径，我连小路也不走；只要有熟人迎面走来，我远远地就垂下了头。我只恨地上没有洞；如果有的话，我一定会钻了进去，最好一辈子也不出来。在这样的情况下，一个人能笑得起来吗？让他把笑保留住不失掉能办得到吗？我也只能同那一位老干部一样变成了一个不会笑的人了。

通过那几年的切身经历，我深深地感觉到，一个人如果失掉了笑，那就意味着，他同时也已经失掉了希望，失掉了生趣，失掉了一切。他活在世界上，在别人眼中，在他自己眼中，实际上成了一个多余的人，他只不过是行尸走肉，苟延残喘而已。什么清风，什么明月，什么春花，什么秋实，在别人眼中，当然都是非常可爱的，然而在他眼中,却什么快感也引不起来。他在这世界上如浮云,如幻影;世界对他也如浮云,如幻影。他自己就像一个幽灵,踽踽独行于遮天盖地的辽阔的寂寞中。他成了一个路人,一个"过客",在默默地等候大限的来临。

真理毕竟要胜利,乌云绝不会永在。经过了一番风雨,燕园里又出现了阳光,全中国也出现了阳光。记得是在一个座谈会上,我同这一位革命老前辈又见面了。他头发又白了很多,脸上皱纹也增添了不少,走路显得异常困难,说话声音很低。才几年的工夫,他好像老了二十年。我的心情很沉重,但是同时又很愉快。我发现他脸上又有了笑容,他又把笑找回来了。在谈到兴致淋漓的时候,他大笑起来,虽然声音较低,但毕竟是爽朗的笑声。这样的笑声我已经很久很久没有听到了。乍听之下,有如钧天妙乐,滋润着我的心灵,温暖着我的耳朵,怡悦着我的眼睛,激动着我的四肢。我觉得,这爽朗的笑声,就像骀荡的春风一样,又仿佛吹遍了整个燕园,响彻了整个燕园。我仿佛还听到它响彻了高山、密林、通都、大邑、工厂、农村、机关、学校,响彻了整个祖国大地,而且看样子还要永远响下去。

我现在不但在这位革命老前辈的脸上看到了已经失掉而又找回来的笑,而且在很多人的脸上都看到了笑容;老年人、中年人、青年人、妇女、儿童,无一例外。把笑失掉,是不容易的;把笑重新找回来,就更困难。我相信,一个在沧海中失掉了笑的人,绝不能做任何的事情;我也相信,一个曾经沧海又把笑找回来的人,却能胜任任何的艰巨。一个很多人失掉了笑而只有一小撮人能笑的民族,绝不能长久立于世界民族之林。只有能笑、会笑、敢笑,重新找回了笑的民族,才能创建宏伟的事业,才能在短期内实现四个现代化,才能阔步前进,建成社会主义,最终达到人类大同之域。

发现只有人是会笑的,是科学家;发现人也是能失掉笑的,是曾经沧海的人。两者都是伟大的发现。曾经沧海的人发现了这个真理,绝不会垂头丧气,而是加倍地精神抖擞。我认识的那一位革命老前辈,在这里又成了我的一面镜子。我们都要感激那个沧海,它在另一方面教育了我们。我从小就喜欢读苏东坡的词句:"人有悲欢离合,月有阴晴圆缺,此事古难全。但愿人长久,千里共婵娟。"我想改一下最后两句:"但愿人长笑,千里共婵娟。"我愿意永远永远听到那爽朗的笑声。

睁一只眼闭一只眼

我活了八十多岁,到现在才真正第一次真切地感觉到:我有两只眼睛。

在过去八十多年中,两只眼睛合作得像一只眼睛一样,只有和谐,没有矛盾;只有合作,没有冲突。它俩陪我走过了世界上三十个国家,看到过撒哈拉大沙漠,看到过塔克拉玛干大沙漠;看到过尼罗河、幼发拉底河、湄公河,看到过长江、黄河;看到过黄山的云海,看到过泰山的五大夫松;看到过春花,看到过秋月;看到过朝霞,看到过夕照;看到过朋友,看到过敌人;看遍了大千世界的众生相,并且探幽烛微,深窥某一些人的心灵深处。总之,是它们俩帮助我了解了世界,了解了人情。否则我只能是盲人一个,浑浑噩噩,糊涂一生。

然而,我却从未意识到它们竟是两个。

最近,由于白内障,右眼动了手术,而左眼没有动。结果大出我意料:右眼的视力达到了 0.6,能看清我多年认为是黑色的毛衣原来是深蓝色的,我非常惊喜。可是,如果闭上右眼,睁开左眼,我的毛衣仍然是黑色的。这又令我极为扫兴。我的两只合作了八十多年的眼睛，现在忽然闹起矛盾来：它们原来是两个。

这给我带来了极大的困难。

搞我们这一行爬格子的人，看书写字都离不开眼睛。现在两只眼忽然不合作起来，看稿纸，一边是白而亮的，另一边却是阴暗昏黄的，你让我怎样下笔？一不小心，偏听偏信了某一只眼睛，字就会写得出了格子，不成字形。

中国老百姓有一句俗话："睁一只眼，闭一只眼。"意思是看到了非法之事或非法之人，你就睁一只眼，闭一只眼，装作没有看见。这是和稀泥、息事宁人的歪门邪道，不属于中国老百姓崇高的伦理标准。然而奉行此话者却大有人在。我并不赞成，但有时却也想仿效。我是赞成"路见不平，拔刀相助"的。根据眼前的社会风气，我看还是不拔刀为好。有时候你拔刀相助的那个人本身一看风头不对，会对你反咬一口的。

如果我现在想运用"睁一只眼，闭一只眼"这个法宝，却凭空增加了困难。我究竟应该闭哪一只眼又睁哪一只眼呢？闭左眼，没有用，因为即使睁开也是白睁，眼前一片昏暗，什么也看不见。如果睁开右眼，则眼前光明辉耀，物无遁形，想装看不见，也是不可能的了。

我现在深悔，不应该为右眼动手术。如果不动的话，则两只眼同样老花昏暗，不法之事和不法之人，我根本看不清，用不着睁一只眼，闭一只眼，就能够六根清净，心地圆融，根本不伤什么脑筋。可我现在既然已经动了，绝无恢复原状的可能。那么，怎么办呢？我只能套用李密《陈情表》中的两句话："羡林进退，实为狼狈。"

叄

———

淡泊以
明志

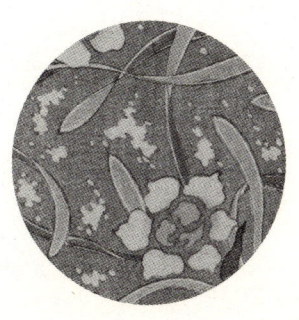

辞"国学大师"

环顾左右,朋友中国学基础胜于自己者,大有人在。在这样的情况下,我竟独占"国学大师"的尊号,岂不折煞老身!

现在在某些比较正式的文件中,在我头顶上也出现"国学大师"这一灿烂辉煌的光环。这并非无中生有,其中有一段历史渊源。

约莫十几二十年前,中国的改革开放大见成效,经济飞速发展,文化建设方面也相应地活跃起来。有一次在还没有改建的北京大学大讲堂里开了一个什么会,专门向同学们谈国学。当时主席台上共坐着五位教授,每个人都讲上一通。我是被排在第一位的,说了些什么话,现在已忘得干干净净。一位资深记者是北大校友,在报上写了一篇长文《国学热悄悄在燕园兴起》。从此以后,其中四位教授,包括我在内,就被称为"国学大师"。他们三位的国学基础都比我强得多。他们对这一顶桂冠的想法如何,我不清楚。我自己被戴上了这一顶桂冠,却是浑身起鸡皮疙瘩。

说到国学基础,我从小学起就读经书、古文、诗词。对一些重要的经典著作有所涉猎。但是我对哪一部古典、哪一个作家都没有下过死功夫，因为我从来没想成为一个国学家。后来专治其他的学术，浸淫其中，乐不可支。除了尚能背诵几百首诗词和几十篇古文外；除了尚能在最大的宏观上谈一些与国学有关的自谓是大而有当的问题，比如"天人合一"外，自己的国学知识并没有增加。环顾左右，朋友中国学基础胜于自己者，大有人在。在这样的情况下，我竟独占"国学大师"的尊号，岂不折煞老身（借用京剧女角词）！我连"国学小师"都不够，遑论"大师"！

为此，我在这里昭告天下：请从我头顶上把"国学大师"的桂冠摘下来。

辞"学界（术）泰斗"

这样的人，滔滔者天下皆是也。但是，现在却偏偏把我"打"成泰斗。我这个泰斗又从哪里讲起呢？

这要分两层来讲：一个是教育界，一个是人文社会科学界。

先要弄清楚什么叫"泰斗"。泰者，泰山也；斗者，北斗也。两者都被认为是至高无上的东西。

先谈教育界。我一生做教书匠，爬格子。在国外教书十年，在国内五十七年。人们常说："没有功劳，也有苦劳。"特别是在过去几十年中，我一直担任行政工作，想要做出什么成绩，岂不戛戛乎难矣哉！我这个泰斗从哪里讲起呢？

在人文社会科学的研究中，说我做出了极大的成绩，那不是事实。说我一点成绩都没有，那也不符合实际情况。这样的人，滔滔者天下皆是也。但是，现在却偏偏把我"打"成泰斗。我这个泰斗又从哪里讲起呢？

为此，我在这里昭告天下：请从我头顶上把"学界（术）泰斗"的桂冠摘下来。

辞"国宝"

在中国,一提到"国宝",人们一定会立刻想到人见人爱憨态可掬的大熊猫。这种动物数量极少,而且只有中国有,称之为"国宝",它是当之无愧的。

可是,大约在八九十来年前。在一次会议上,北京市的一位领导突然称我为"国宝",我极为惊愕。到了今天,我所到之处,"国宝"之声洋洋乎盈耳矣。我实在是大惑不解。当然,国宝这一顶桂冠并没有为我一人所垄断。其他几位书画名家也有此称号。

我浮想联翩,想探寻一下起名的来源。是不是因为中国只有一个季羡林,所以他就成为"宝"。但是,中国的赵一钱二孙三李四等等,等等,也都只有一个,难道中国能有十三亿"国宝"吗?

这种事情,痴想无益,也完全没有必要。我来一个急刹车。

为此,我在这里昭告天下:请从我头顶上把"国宝"的桂冠摘下来。

三顶桂冠一摘,还了我一个自由自在身。身上的泡沫洗掉了,露出了真面目,皆大欢喜。

露出了真面目，自己是不是就成了原来蒙着华贵的绸罩的朽木架子，而今却完全塌了架了呢？

也不是的。

我自己是喜欢而且习惯于讲点实话的人。讲别人，讲自己，我都希望能够讲得实事求是，水分越少越好。我自己觉得，桂冠取掉，里面还不是一堆朽木，还是有颇为坚实的东西的。至于别人怎样看我，我并不十分清楚。因为，正如我在上面说的那样，别人写我的文章我基本上是不读的，我怕里面的溢美之词。现在困居病房，长昼无聊，除了照样舞笔弄墨之外，也常考虑一些与自己学术研究有关的问题，凭自己那一点自知之明，考虑自己学术上有否功业，有什么功业。我尽量保持客观态度。过于谦虚是矫情，过于自吹自擂是老王，二者皆为我所不敢取。我在下面就"夫子自道"一番。

我常常戏称自己为"杂家"。我对人文社会科学领域内，甚至科技领域内的许多方面都感兴趣。我常说自己是"样样通，样样松"。这话并不确切。很多方面我不通，有一些方面也不松。合辙押韵，说着好玩而已。

我从事科学研究工作，已经有七十年的历史。我这个人在任何方面都是后知后觉。研究开始时并没有显露出什么奇才异能，连我自己都不满意。后来逐渐似乎开了点窍，到了德国以后，才算是走上了正路。但一旦走上了正路，走的就是快车道。回国以后，受到了众多的干扰，十年浩劫中完全停止。改革开放，新风吹起。我又重新上路，到现在已有二十多年了。

根据我自己的估算，我的学术研究的第一阶段是德国十年。研究的主要方向是原始佛教梵语。我的博士论文就是这方面的题目。在论文中，我论到了一个可以说是被我发现的新的语尾，据说在印欧语系比较语言学上颇有重要意义，引起了比较语言学教授的极大关怀。当年除了博士论文外，我还写了两篇比较重要的论文，一篇是讲不定过去时的，一篇讲 -am > o, u，都发表在哥廷根科学院院刊上。在德国，科学院是最高学术机构，并不是每一个教授都能成为院士。德国规矩，一个系只有一个教授，无所谓系主任。每一个学科全国也不过有二三十个教授，比不了我们现在大学中一个系的教授数量。在这样的情况下，再选院士，其难可知。科学院的院刊当然都是代表最高学术水平的。我以一个三十岁刚出头的异国的毛头小伙子竟能在上面连续发表文章，要说不沾沾自喜，那就是纯粹的谎话了。而且我在文章中提出的结论至今仍能成立，还有新出现的材料来证明，足以自慰了。此时还写了一篇关于解谈吐火罗文的文章。

1946年回国以后，由于缺少最起码的资料和书刊，原来做的研究工作无法进行，只能改行，我就转向佛教史研究，包括印度、中亚以及中国佛教史在内。在印度佛教史方面，我给与释迦牟尼有不共戴天之仇的提婆达多翻了案，平了反。公元前五六世纪的北天竺，西部是婆罗门的保守势力，东部则兴起了新兴思潮，是前进的思潮，佛教代表的就是这种思潮。提婆达多同佛祖对着干，事实俱在，不容怀疑。但是,他的思想和学说的本质是什么,我一直没弄清楚。我觉得,古今中外写佛教史者可谓多矣,却没有一人提出这个问题,这对真正印度佛教史的研究是不利的。在中亚和中国内地的佛教信仰中,我发现了弥勒信仰的重要作用,也可以算是发前人未发之覆。我那两篇关于浮屠与佛的文章,篇幅不长,却解决了佛教传入中国的道路的大问题,可惜没引起重视。

我一向重视文化交流的作用和研究。我是一个文化多元论者,我认为,文化一元论有点法西斯味道。在历史上,世界民族,无论大小,大多数都对人类文化做出了贡献。文化一产生,就必然会交流,互学,互补,从而推动了人类社会的进步。我们难以想象,如果没有文化交流,今天的世界会是一个什么样子。在这方面,我不但写过不少的文章,而且在我的许多著作中也贯彻了这种精神。长达约八十万字的《糖史》就是一个好例子。

提到了《糖史》,我就来讲一讲这一部书完成的情况。我发现,现在世界上流行的大语言中,"糖"这一个词儿几乎都是转弯抹角地出自印度梵文的 srkara 这个字。我从而领悟到,在糖这种微不足道的日常用品中竟隐含着一段人类文化交流史。于是我从很多年前就着手搜集这方面的资料。在德国读书时,我在汉学研究所曾翻阅过大量的中国笔记,记得里面颇有一些关于糖的资料。可惜当时我脑袋里还没有这个问题,就视而不见,空空放过,而今再想弥补,是绝对不可能的事情了。今天有了这问题,只能从头做起。最初,电子计算机还很少很少,而且技术大概也没有过关。即使过了关,也不可能把所有的古籍或今籍一下子都收入。留给我的只有一条笨办法：自己查书。然而，群籍浩如烟海，穷我毕生之力，也是难以查遍的。幸而我所在的地方好，北大藏书甲上庠，查阅方便。即使这样，我也要定一个范围。我以善本部和楼上的教员阅览室为基地，有必要时再走出基地。教员阅览室有两层楼的书库，藏书十余万册。于是在我八十多岁后，正是古人"含饴弄孙"的时候，我却开始向科研冲刺了。我每天走七八里路，从我家到大图书馆，除星期日大馆善本部闭馆外，不管是冬天，还是夏天；不管是刮风下雨，还是坚冰在地，我从未间断过。如是者将及两年，我终于翻遍了书库，并且还翻阅了《四库全书》中有关典籍，特别是医书。我发现了一些规律。首先是，在中国最初只饮蔗浆，用蔗制糖的时间比较晚。其次，同在古代波斯一样，糖最初是用来治病的，不是调味的。再次，从中国医书上来看，使用糖的频率越来越小，最后几乎很少见了。最后，也是最重要的一点，把原来是红色的蔗汁熬成的糖浆提炼成洁白如雪的白糖的技术是中国发明的。到现在，世界上只有两部大型的《糖史》，一为德文，算是世界名著；一为英文，材料比较新。在我写《糖史》第二部分，国际部分时，曾引用过这两部书中的一些资料。做学问，搜集资料，我一向主张要有一股"竭泽而渔"的劲头。不能贪图省力，打马虎眼。

既然讲到了耄耋之年向科学进军的情况，我就讲一讲有关吐火罗文研究。我在德国时，本来不想再学别的语言了，因为已经学了不少，超过了我这个小脑袋瓜的负荷能力。但是，那一位像自己祖父般的西克（E. Sieg）教授一定要把他毕生所掌握的绝招统统传授给我。我只能向他那火一般的热情屈服，学习了吐火罗文A焉耆语和吐火罗文B龟兹语。我当时写过一篇文章，讲《福力太子因缘经》的诸异本，解决了吐火罗文本中的一些问题，确定了几个过去无法认识的词儿的含义。回国以后，也是由于缺乏资料，只好忍痛与吐火罗文告别，几十年没有碰过。20世纪70年代，在新疆焉耆县七个星断壁残垣中发掘出来了吐火罗文A的《弥勒会见记剧本》残卷。新疆博物馆的负责人亲临寒舍，要求我加以解读。我由于没有信心，坚决拒绝。但是他们苦求不已，我只能答应下来，试一试看。结果是，我的运气好，翻了几张，书名就赫然出现：《弥勒会见记剧本》。我大喜过望。于是在冲刺完了《糖史》以后，立即向吐火罗文进军。我根据回鹘文同书的译本，把吐火罗文本整理了一番，理出一个头绪来。陆续翻译了一些，有的用中文，有的用英文，译文间有错误。到了二十世纪九十年代后期，我集中精力，把全部残卷译成了英文。我请了两位国际上公认是吐火罗文权威的学者帮助我，一位德国学者，一位法国学者。法国学者补译了一段，其余的百分之九十七八以上的工作都是我做的。即使我再谦虚，我也只能说，在当前国际上吐火罗文研究最前沿上，中国已经有了位置。

下面谈一谈自己的散文创作。我从中学起就好舞笔弄墨。到了高中，受到了董秋芳老师的鼓励。从那以后的七十年中，一直写作不辍。我认为是纯散文的也写了几十万字之多。但我自己喜欢的却为数极少。评论家也有评我的散文的；一般说来，我都是不看的。我觉得，文艺评论是一门独立的科学，不必与创作挂钩太亲密。世界各国的伟大作品没有哪一部是根据评论家的意见创作出来的。正相反，伟大作品倒是评论家的研究对象。目前的中国文坛上，散文又似乎是引起了一点小小的风波，有人认为散文处境尴尬，等等，皆为我所不解。中国是世界散文大国，两千多年来出现了大量优秀作品，风格各异，至今还为人所诵读，并不觉得不新鲜。今天的散文作家大可以尽量发挥自己的风格，只要作品好，有人读，就算达到了目的，凭空作南冠之泣是极为无聊的。前几天，病房里的一位小护士告诉我，她在回家的路上一气读了我的五篇散文，她觉得自己的思想感情有向上的感觉。这种天真无邪的评语是对我最高的鼓励。

最后，还要说几句关于翻译的话。我从不同文字中翻译了不少文学作品，其中最主要的当然是印度大史诗《罗摩衍那》。

以上是我根据我那一点自知之明对自己功业的评估，是我的优胜纪略。但是，我自己最满意的还不是这些东西，而是自己胡思乱想关于"天人合一"的新解。至少在十几年前，我就想到了一个问题。大自然中出现了不少问题，比如生态平衡破坏，植物灭种，臭氧出洞，气候变暖，淡水资源匮乏，新疾病产生等等，等等。哪一样不遏制，人类发展前途都会受到影响。我认为，这些危害都是西方与大自然为敌，要征服自然的结果。西方哲人歌德、雪莱、恩格斯等早已提出了警告。可惜听之者寡。情况越来越严重，各国政府，甚至联合国才纷纷提出了环保问题。我并不是什么先知先觉，只是感觉到了，不得不大声疾呼而已。我的"天人合一"要求的是人与大自然要做朋友，不要成为敌人。我们要时刻记住恩格斯的话："大自然是会报复的。"

以上就是我的"夫子自道"，道得准确与否，不敢说。但是，道的都是真话。

此外，在提倡新兴学科方面，我也做了一些工作，比如敦煌学，我在这方面没有写过多少文章；但对团结学者和推动这项研究工作，我却做出了一些贡献。又如比较文学，关于比较文学的理论问题，我几乎没有写过文章，因为我没有研究。但是中国第一个比较文学研究会却是在北大成立的，可以说是开风气之先。此外，我还主编了几种大型的学术丛书，首先就是《东方文化集成》，准备出五百种，用高水平的研究成果，向世界人民展示什么叫"东方文化"。我还帮助编纂了《四库全书存目丛书》，取得了很大的成功。其余几种现在先不介绍了。我觉得有相当大意义的工作是我把印度学引进了中国，或者也可以说，在中国过去有光辉历史的有上千年历史的印度研究又重新恢复起来。现在已经有了几代传人，方兴未艾。要说从我身上还有什么值得学习的东西，那就是勤奋。我一生不敢懈怠。

总而言之，我就是通过这一些功业获得了名声，大都是不虞之誉。政府、人民，以及学校给予我的待遇，同我对人民和学校所做的贡献，相差不可以道里计。我心里始终感到愧疚不安。现在有了病,又以一个文职的教书匠硬是挤进了部队军长以上的高干疗养的病房,冒充了四十五天的"首长"。政府与人民待我可谓厚矣。扪心自问,我何德何才,获此殊遇!

就在进院以后,专家们都看出了我这一场病的严重性,是一场能致命的不大多见的病。我自己却还糊里糊涂,掉以轻心,溜溜达达,走到阎王爷驾前去报到。大概由于文件上一百多块图章数目不够,或者红包不够丰满,被拒收,我才又走回来,再也不敢三心二意了,一住就是四十五天,捡了一条命。

我在医院中是一个非常特殊的病人,一般的情况是,病人住院专治一种病,至多两种。我却一气治了四种病。我的重点是皮肤科,但借住在呼吸道科病房里,于是大夫也把我吸收为他们的病人。一次我偶尔提到,我的牙龈溃疡了。院领导立刻安排到牙科去,由主任亲自动手,把我的牙整治如新。眼科也是很偶然的。我们认识魏主任,他说要给我治眼睛。我的眼睛毛病很多,他作为专家,一眼就看出来了。细致地检查,认真地观察,在十分忙碌的情况下,最后他说了一句铿锵有力的话:"我放心了!"我听了当然也放心了。他又说,今后五六年中没有问题。最后还配了一副我生平最满意的眼镜。

上面讲的主要是医疗方面的情况。我在这里还领略人情之美。我进院时,是病人对医生的关系。虽然受到院长、政委、几位副院长,以及一些科主任和大夫的礼遇,仍然不过是这种关系的表现。

但是,悄没声地这种关系起了变化。我同几位大夫逐渐从病人医生的关系转向朋友的关系,虽然还不能说无话不谈,但却能谈得很深,讲一些蕴藏在心灵中的真话。常言道:"对人只讲三分话,不能闲抛一片心。"讲点真话,也并不容易的。此外,我同本科的护士长、护士,甚至打扫卫生的外地来的小女孩,也都逐渐熟了起来,连给首长陪住的解放军战士也都成了我的忘年交,其乐融融。

我初入院时,陌生的感觉相当严重。但是,现在我要离开这里了,却产生了浓烈的依依难舍的感情。"客房回看成乐园",我不禁一步三回首了。

做人与处世

一个人活在世界上,必须处理好三个关系:第一,人与大自然的关系;第二,人与人的关系,包括家庭关系在内;第三,个人心中思想和感情矛盾与平衡的关系。这三个关系,如果能处理得好,生活就能愉快;否则,生活就有苦恼。

人本来也是属于大自然范畴的。但是,人自从变成了"万物之灵"以后,就同大自然闹起独立来,有时竟成了大自然的对立面。人类的衣食住行所有的资料都取自大自然,我们向大自然索取是不可避免的。关键是怎样去索取。索取手段不出两途:一用和平手段,一用强制手段。我个人认为,东西文化之分野,就在这里。西方对待大自然的基本态度或指导思想是"征服自然",用一句现成的套话来说,就是用处理敌我矛盾的方法来处理人与大自然的关系。结果呢,从表面上看上去,西方人是胜利了,大自然真的被他们征服了。自从西方产业革命以后,西方人屡创奇迹。楼上楼下,电灯电话。大至宇宙飞船,小至原子,无一不出自西方"征服者"之手。

然而,大自然的容忍是有限度的,它是能报复的,它是能惩罚的。报复或惩罚的结果，人皆见之，比如环境污染，生态失衡，臭氧层出洞，物种灭绝，人口爆炸，淡水资源匮乏，新疾病产生，如此等等，不一而足。这些弊端中哪一项不解决都能影响人类生存的前途。我并非危言耸听，现在全世界人民和政府都高呼环保，并采取措施。古人说："失之东隅，收之桑榆。"犹未为晚。

中国或者东方对待大自然的态度或哲学基础是"天人合一"。宋人张载说得最简明扼要："民吾同胞，物吾与也。""与"的意思是伙伴。我们把大自然看作伙伴，可惜我们的行为没能跟上。在某种程度上，也采取了"征服自然"的办法，结果也受到了大自然的报复，前不久南北的大洪水不是很能发人深省吗？

至于人与人的关系，我的想法是：对待一切善良的人，不管是家属，还是朋友，都应该有一个两字箴言：一曰真，二曰忍。真者，以真情实意相待，不允许弄虚作假。对待坏人，则另当别论。忍者，相互容忍也。日子久了，难免有点磕磕碰碰。在这时候，头脑清醒的一方应该能够容忍。如果双方都不冷静，必致因小失大，后果不堪设想。唐朝张公艺的"百忍"是历史上有名的例子。

至于个人心中思想感情的矛盾，则多半起于私心杂念。解之之方，唯有消灭私心，学习诸葛亮的"淡泊以明志，宁静以致远"，庶几近之。

1998年11月17日

修养与实践

我体会，圣严法师之所以不惜人力和物力召开这样一个规模宏大的会议，大陆暨香港地区，以及台湾的许多著名的学者专家之所以不远千里来此集会，绝不会是让我们坐而论道的。道不能不论，不论则意见不一致，指导不明确，因此不论是不行的。但是，如果只限于论，则空谈无补于实际，没有多大意义。况且，圣严法师为法鼓人文社会学院明定宗旨是"提升人类品质，建设人间净土"。这次会议的宗旨恐怕也是如此。所以，我们在议论之际，也必须想出一些具体的办法。这样会议才能算是成功的。

我在本文第一章中已经讲到过，我们中国和全世界所面临的形势是十分严峻的。钱穆先生也说："近百年来，世界人类文化所宗，可说全在欧洲。最近五十年，欧洲文化近于衰落，此下不能再为世界人类文化向往之宗主。所以可说，最近乃人类文化之衰落期。此下世界文化又将何所向往？这是今天我们人类最值得重视的现实问题。"可谓概乎言之矣。

我就在面临这样严峻的情况下提出了修养和实践问题的，也可以称之为思想与行动的关系，二者并不完全一样。

所谓修养，主要是指思想问题、认识问题、自律问题，他律有时候也是难以避免的。在大陆上，帮助别人认识问题，叫作"做思想工作"。一个人遇到疑难，主要靠自己来解决，首先在思想上解决了，然后才能见诸行动，别人的点醒有时候也起作用。佛教禅宗主张"顿悟"。觉悟当然主要靠自己，但是别人的帮助有时也起作用。禅师的一声断喝，一记猛掌，一句狗屎橛，也能起振聋发聩的作用。宋代理学家有一个克制私欲的办法。清尹铭绶《学见举隅》中引朱子的话说：

前辈有欲澄治思虑者，于坐处置两器，每起一善念，则投白豆一粒于器中；每起一恶念，则投黑豆一粒于器中，初时黑豆多，白豆少，后来随不复有黑豆，最后则虽白豆亦无之矣。然此只是个死法，若更加以读书穷理底工夫，则去那般不正当底思虑，何难之有？

这个方法实际上是受了佛经的影响。《贤愚经》卷十三，（六七）优波提品第六十讲到一个"系念"的办法：

以白黑石子，用当等于筹算。善念下白，恶念下黑。优波提奉受其教，善恶之念，辄投石子。初黑偶多，白者甚少。渐渐修习，白黑正等。系念不止。更无黑石，纯有白者。善念已盛,逮得初果。

这与朱子说法几乎完全一样,区别只在豆与石耳。

这个做法究竟有多大用处?我们且不去谈。两个地方都讲善念、恶念。什么叫善?什么叫恶?中印两国的理解恐怕很不一样。中国的宋儒不外孔孟那些教导,印度则是佛教教义。我自己对善恶的看法,上面已经谈过。要系念,我认为,不外是放纵本性与遏制本性的斗争而已。为什么要遏制本性?目的是既让自己活,也让别人活。因为如果不这样做的话,则社会必然乱了套,就像现代大城市里必然有红绿灯一样,车往马来,必然要有法律和伦理教条。宇宙间,任何东西,包括人与动植物,都不允许有"绝对自由"。为了宇宙正常运转,为了人类社会正常活动,不得不尔也。对动植物来讲,它们不会思考,不能自律,只能他律。人为万物之灵,是能思考、能明辨是非的动物,能自律,但也必济之以他律。朱子说,这个系念的办法是个"死法",光靠它是不行的,还必须读书穷理,才能去掉那些不正当的思虑。读书当然是有益的,但却不能只限于孔孟之书;穷理也是好的,但标准不能只限于孔孟之道。特别是在今天,在一个新世纪即将来临之际,眼光更要放远。

眼光怎样放远呢?首先要看到当前西方科技所造成的弊端,人类生存前途已处在危机中。世人昏昏,我必昭昭。我们必须力矫西方"征服自然"之弊,大力宣扬东方"天人合一"的思想,年轻人更应如此。

以上主要讲的是修养。光修养还是很不够的，还必须实践，也就是行动。这里存不得半点虚假成分。我们不妨先从康德的"消极义务"做起：不污染环境、不污染空气、不污染河湖、不胡乱杀生、不破坏生态平衡、不砍伐森林，还有很多"不"。这些"消极义务"能产生积极影响。这样一来，个人的修养与实践、他人的教导与劝说，再加上公、检、法的制约，本文第一章所讲的那一些弊害庶几可以避免或减少，圣严法师所提出的希望庶几能够实现，我们同处于"人间净土"中。"挽狂澜于既倒"，事在人为。

走运与倒霉

走运与倒霉,表面上看起来,似乎是绝对对立的两个概念。世人无不想走运,而绝不想倒霉。

其实,这两件事是有密切联系的,互相依存的,互为因果的。说极端了,简直是一而二二而一者也。这并不是我的发明创造。两千多年前的老子已经发现了,他说:"祸兮福之所倚,福兮祸之所伏,孰知其极?其无正。"老子的"福"就是走运,他的"祸"就是倒霉。

走运有大小之别,倒霉也有大小之别,而二者往往是相通的。走的运越大,则倒的霉也越惨,二者之间成正比。中国有一句俗话说:"爬得越高,跌得越重。"形象生动地说明了这种关系。

吾辈小民,过着平平常常的日子,天天忙着吃、喝、拉、撒、睡,操持着柴、米、油、盐、酱、醋、茶。有时候难免走点小运,有的是主动争取来的,有的是时来运转,好运从天上掉下来的。高兴之余,不过喝上二两二锅头,飘飘然一阵了事。但有时又难免倒点小霉,"闭门家中坐,祸从天上来",没有人去争取倒霉的。倒霉以后,也不过心里郁闷几天,对老婆孩子发点小脾气,转瞬就过去了。

但是,历史上和眼前的那些大人物和大款们,他们一身系天下安危,或者系一个地区、一个行当的安危。他们得意时,比如打了一个大胜仗,或者倒卖房地产、炒股票,发了一笔大财,意气风发,踌躇满志,自以为天上天下,唯我独尊。"固一世之雄也",怎二两二锅头了得!然而一旦失败,不是自刎乌江,就是从摩天高楼跳下,"而今安在哉"!

从历史上到现在,中国知识分子有一个"特色",这在西方国家是找不到的。中国历代的诗人、文学家,不倒霉则走不了运。司马迁在《太史公自序》中说:"昔西伯拘羑里,演《周易》;孔子厄陈、蔡,作《春秋》;屈原放逐,著《离骚》;左丘失明,厥有《国语》;孙子膑脚,而论兵法;不韦迁蜀,世传《吕览》;韩非囚秦,《说难》《孤愤》;《诗》三百篇,大抵贤圣发愤之所为作也。"司马迁算的这个总账,后来并没有改变。汉以后所有的文学大家,都是在倒霉之后,才写出了震古烁今的杰作。像韩愈、苏轼、李清照、李后主等等一批人,莫不皆然。从来没有过状元宰相成为大文学家的。

了解了这一番道理之后,有什么意义呢?我认为,意义是重大的。它能够让我们头脑清醒,理解祸福的辩证关系;走运时,要想到倒霉,不要得意过了头;倒霉时,要想到走运,不必垂头丧气。心态始终保持平衡,情绪始终保持稳定,此亦长寿之道也。

1998 年 11 月 2 日

牵就与适应

牵就,也作"迁就"和"适应",是我们说话和行文时常用的两个词儿,含义颇有些类似之处。但是,一仔细琢磨,二者间实有差别,而且是原则性的差别。

根据词典的解释,《现代汉语词典》注"牵就"为"迁就"和"牵强附会"。注"迁就"为"将就别人",举的例子是:"坚持原则,不能迁就。"注"将就"为"勉强适应不很满意的事物或环境",举的例子是:"衣服稍微小一点,你将就着穿吧!"注"适应"为"适合(客观条件或需要)",举的例子是:"适应环境。""迁就"这个词儿,古书上也有,《辞源》注为"舍此取彼,委曲求合"。

我说,二者含义有类似之处,《现代汉语词典》注"将就"一词时就使用了"适应"一词。

词典的解释,虽然头绪颇有点乱,但是,归纳起来,"牵就(迁就)"和"适应"这两个词儿的含义还是清楚的。"牵就"的宾语往往是不很令人愉快、令人满意的事情。在平常的情况下,这种事情本来是不能或者不想去做的。极而言之,有些事情甚至是违反原则的，违反做人的道德的，当然完全是不能去做的。但是，迫于自己无法掌握的形势，或者出于利己的私心，或者由于其他的什么原因，非做不行，有时候甚至昧着自己的良心，自己也会感到痛苦的。

根据我个人的语感，我觉得，"牵就"的根本含义就是这样，词典上并没有说清楚。

但是，又是根据我个人的语感，我觉得，"适应"同"牵就"是不相同的。我们每一个人都会经常使用"适应"这个词儿的。不过在大多数的情况下，我们都是习而不察。我手边有一本沈从文先生的《花花朵朵坛坛罐罐》，汪曾祺先生的《代序：沈从文转业之谜》中有一段话说："一切终得变，沈先生是竭力想适应这种'变'的。"这种"变"，指的是解放。沈先生写信给人说："对于过去种种，得决心放弃，从新起始来学习。这个新的起始，并不一定即能配合当前需要，惟必能把握住一个进步原则来肯定，来完成，来促进。"沈从文先生这个"适应"，是以"进步原则"来适应新社会的。这个"适应"是困难的，但是正确的。我们很多人在新中国成立初期都有类似的经验。

再拿来同"牵就"一比较，两个词儿的不同之处立即可见。"适应"的宾语，同"牵就"不一样，它是好的事物，进步的事物；即使开始时有点困难，也必能心悦诚服地予以克服。在我们的一生中，我们会经常不断地遇到必须"适应"的事务，"适应"成功，我们就有了"进步"。

简洁说：我们须"适应"，但不能"牵就"。

谦虚与虚伪

在伦理道德的范畴中,谦虚一向被认为是美德,应该扬;而虚伪则一向被认为是恶习,应该抑。

然而,究其实际,二者间有时并非泾渭分明,其区别间不容发。谦虚稍一过头,就会成为虚伪。我想,每个人都会有这种体会的。

在世界文明古国中,中国是提倡谦虚最早的国家。在中国最古的经典之一的《尚书·大禹谟》中就已经有了"满招损,谦受益,时(是)乃天道"这样的教导,把自满与谦虚提高到"天道"的水平,可谓高矣。从那以后,历代的圣贤无不推崇谦虚,贬抑自满。一直到今天,我们常用的词汇中仍然有一大批与"谦"字有联系的词儿,比如"谦卑""谦恭""谦和""谦谦君子""谦让""谦顺""谦虚""谦逊"等等,可见"谦"字之深入人心,久而愈彰。

我认为,我们应当提倡真诚的谦虚,而避免虚伪的谦虚,后者与虚伪间不容发矣。

可是在这里我们就遇到了一个拦路虎:什么叫"真诚的谦虚"

呢？什么又叫"虚伪的谦虚"？两者之间并非泾渭分明，简直可以说是因人而异，因地而异，因时而异，掌握一个正确的分寸难于上青天。

最突出的是因地而异，"地"指的首先是东方和西方。在东方，比如说中国和日本，提到自己的文章或著作，必须说是"拙作"或"拙文"。在西方各国语言中是找不到相当的词儿的。尤有甚者，甚至可能产生误会。中国人请客，发请柬必须说"洁治菲酌"，不了解东方习惯的西方人就会满腹疑团：为什么单单用"不丰盛的宴席"来请客呢？日本人送人礼品，往往写上"粗品"二字，西方人又会问：为什么不用"精品"来送人呢？在西方，对老师，对朋友，必须说真话，会多少，就说多少。如果你说，这个只会一点点儿，那个只会一星星儿，他们就会信以为真，在东方则不会。这有时会很危险的。至于吹牛之流，则为东西方同样所不齿，不在话下。

可是怎样掌握这个分寸呢？我认为，在这里，真诚是第一标准。虚怀若谷，如果是真诚的话，它会促你永远学习，永远进步。有的人永远"自我感觉良好"，这种人往往不能进步。

总之，谦虚是美德，但必须掌握分寸，注意东西。在东方谦虚涵盖的范围广，不能施之于西方，此不可不注意者。然而，不管东方或西方，必须出之以真诚。有意的过分的谦虚就等于虚伪。

1998年10月3日

隔 膜

鲁迅先生曾写过关于"隔膜"的文章,有些人是熟悉的。鲁迅的"隔膜",同我们平常使用的这个词的含义不完全一样。我们平常所谓"隔膜"是指"情意不相通,彼此不了解"。鲁迅的"隔膜"是"单方面地以主观愿望或猜度去了解对方,去要求对方"。这样做,鲜有不碰钉子者。这样的例子,在中国历史上并不稀见。即使有人想"颂圣",如果隔膜,也难免撞在龙椅角上,一命呜呼。

最近读到韩升先生的文章《隋文帝抗击突厥的内政因素》(《欧亚学刊》第二期),其中有几句话:

> 对此,从种族性格上斥责突厥"反复无常",其出发点是中国理想主义感情性的"义"观念。国内伦理观念与国际社会现实的矛盾冲突,在中国对外交往中反复出现,深值反思。

这实在是见道之言,值得我们深思。我认为,这也是一种"隔膜"。

记得当年在大学读书时,适值"九一八"事件发生,日军入寇东北。当中国军队实行不抵抗主义,南京政府同时又派大员赴日内瓦国联(相当于今天的联合国)控诉,要求国联伸张正义。当时我还属于隔膜党,义愤填膺,等待着国际伸出正义之手。结果当然是落了空。我颇恨恨不已了一阵子。

在这里,关键是什么叫"义"?什么叫"正义"?韩文公说:"行而宜之之谓义。"可是"宜之"的标准是因个人而异的,因民族而异的,因国家而异的,因立场不同而异的。不懂这个道理,就是"隔膜"。

懂这个道理,也并不容易。我在德国住了十年,没有看到有人在大街上吵架,也很少看到小孩子打架。有一天,我看到就在我窗外马路对面的人行道上,两个男孩在打架,一个大的十三四岁,一个小的只有七八岁,个子相差一截,力量悬殊明显。不知为什么,两个人竟干起架来。不到一个回合,小的被打倒在地,哭了几声,立即又爬起来继续交手,当然又被打倒在地。如此被打倒了几次,小孩边哭边打,并不服输,日耳曼民族的特性昭然可见。此时周围已经聚拢了一些围观者。我总期望,有一个人会像在中国一样,主持正义,说一句:"你这么大了,怎么能欺负小的呢?"但是没有。最后还是对门住的一位老太太从窗子里对准两个小孩泼出了一盆冷水,两个小孩各自哈哈大笑,战斗才告结束。

这件小事给了我一个重要的教训:在西方国家眼中,谁的拳头大,正义就在谁手里,我从此脱离了隔膜党。

今天,我们的国家和人民都变得更加聪明了,与隔膜的距离越来越远了。我们努力建设我们的国家,使人民的生活水平越来越高。对外我们绝不侵略别的国家,但也绝不允许别的国家侵略我们。我们也讲主持正义,但是,这个正义与隔膜是不搭界的。

2001年2月27日

反躬自省

我在上面,从病原开始,写了发病的情况和治疗的过程,自己的侥幸心理,掉以轻心,自己的瞎鼓捣,以致酿成了几乎不可收拾的大患。进了301医院,边叙事、边抒情、边发议论、边发牢骚,我写下了不少文字。后来觉得,我写作的重点应该换一换了。换的主要枢纽是反求诸己。

301医院的大夫们发扬了"三高"的医风,熨平了我身上的创伤,我自己想用反躬自省的手段,熨平我自己的心灵。

我想从认识自我谈起。

每一个人都有一个自我,自我当然离自己最近,应该最容易认识。事实证明正相反,自我最不容易认识。所以古希腊人才发出了"Know thyself"的惊呼。一般的情况是,人们往往把自己的才能、学问、道德、成就等等评估过高,永远是自我感觉良好。这对自己是不利的,对社会也是有害的。许多人事纠纷和社会矛盾由此而生。

不管我自己有多少缺点与不足之处,但是认识自己,我是颇能做到一些的。我经常剖析自己。想回答:"自己究竟是一个什么样的人?"这样一个问题。我自信是能够客观地实事求是地进行分析的。我认为,自己绝不是什么天才,绝不是什么奇才异能之士,自己只不过是一个中不溜丢的人;但也不能说是蠢材。我说不出,自己在哪一方面有什么特别的天赋。绘画和音乐我都喜欢,但都没有天赋。在中学读书时,在课堂上偷偷地给老师画像,我的同桌同学画得比我更像老师,我不得不心服。我羡慕许多同学都能拿出一手儿来,唯独我什么也拿不出。

我想在这里谈一谈我对天才的看法。在世界和中国历史上,确实有过天才,我都没能够碰到。但是,在古代,在现代,在中国,在外国,自命天才的人却层出不穷。我也曾遇到不少这样的人。他们那一副自命不凡的天才相,令人不敢向迩。别人嗤之以鼻,而这些"天才"则岿然不动,挥斥激扬,乐不可支。此种人物列入《儒林外史》是再合适不过的。我除了敬佩他们的脸皮厚之外,无话可说。我常常想,天才往往是偏才。他们大脑里一切产生智慧或灵感的构件集中在某一个点上,别的地方一概不管,这一点就是他的天才之所在。天才有时候同疯狂融在一起,画家梵高就是一个好例子。

在伦理道德方面,我的基础也不雄厚和巩固。我绝没有现在社会上认为的那样好,那样清高。在这方面,我有我的一套"理论"。我认为,人从动物群体中脱颖而出,变成了人。除了人的本质外,动物的本质也还保留了不少。一切生物的本能,即所谓"性",都是一样的,即一要生存,二要温饱,三要发展。在这条路上,倘有障碍,必将本能地下死力排除之。根据我的观察,生物还有争胜或求胜的本能，总想压倒别的东西，一枝独秀。这种本能，人当然也有。我们常讲，在世界上，争来争去，不外名利两件事。名是为了满足求胜的本能，而利则是为了满足求生。二者联系密切，相辅相成，成为人类的公害，谁也铲除不掉。古今中外的圣人贤人们都尽过力量，而所获只能说是有限。

至于我自己，一般人的印象是，我比较淡泊名利。其实这只是一个假象，我名利之心兼而有之。只因我的环境对我有大裨益，所以才造成了这一个假象。我在四十多岁时，一个中国知识分子当时所能追求的最高荣誉，我已经全部拿到手。在学术上是中国科学院学部委员，即后来的院士。在教育界是一级教授。在政治上是全国政协委员。学术和教育我已经爬到了百尺竿头，再往上就没有什么阶梯了。我难道还想登天做神仙吗？因此，以后几十年的提升提级活动我都无权参加，只是领导而已。假如我当时是一个二级教授——在大学中这已经不低了——我一定会渴望再爬上一级的。不过，我在这里必须补充几句。即使我想再往上爬，我绝不会奔走、钻营、吹牛、拍马，只问目的，不择手段。那不是我的作风，我一辈子没有干过。

写到这里就跟一个比较抽象的理论问题挂上了钩：什么叫好人？什么叫坏人？什么叫好？什么叫坏？我没有看过伦理教科书，不知道其中有没有这样的定义。我自己悟出了一套看法，当然是极端粗浅的，甚至是原始的。我认为，一个人一生要处理好三个关系：天人关系，也就是人与大自然的关系；人人关系，也就是社会关系；

个人思想和感情中矛盾和平衡的关系。处理好了,人类就能够进步,社会就能够发展。好人与坏人的问题属于社会关系。因此,我在这里专门谈社会关系,其他两个就不说了。

正确处理人与人的关系,主要是处理利害关系。每个人都有自己的利益,都关心自己的利益。而这种利益又常常会同别人有矛盾。有了你的利益,就没有我的利益。你的利益多了,我的就会减少。怎样解决这个矛盾就成了广大芸芸众生最棘手的问题。

人类毕竟是有思想能思维的动物。在这种极端错综复杂的利益矛盾中,他们绝大部分人都能有分析评判的能力。至于哲学家所说的良知和良能,我说不清楚。人们能够分清是非善恶,自己处理好问题。在这里无非是有两种态度,既考虑自己的利益,为自己着想,也考虑别人的利益,为别人着想。极少数人只考虑自己的利益,而又以残暴的手段攫取别人的利益者,是为害群之马,国家必绳之以法,以保证社会的安定团结。

这也是衡量一个人好坏的基础。地球上没有天堂乐园,也没有小说中所说的"君子国"。对一般人民的道德水平不要提出过高的要求。一个人除了为自己着想外能为别人着想的水平达到百分之六十,他就算是一个好人。水平越高,当然越好。那样高的水平恐怕只有少数人能达到了。

大概由于我水平太低,我不大敢同意"毫不利己,专门利人"这种提法,一个"毫不",再加上一个"专门",把话说得满到不能再满的程度。试问天下人有几个人能做到。提这个口号的人怎样呢？这种口号只能吓唬人，叫人望而却步，绝起不到提高人们道德水平的作用。

至于我自己，我是一个谨小慎微、性格内向的人。考虑问题有时候细入毫发。我考虑别人的利益，为别人着想，我自认能达到百分之六十。我只能把自己划归好人一类。我过去犯过许多错误，伤害了一些人，但那绝不是有意为之，是为我的水平低修养不够所支配的。在这里，我还必须再做一下老王，自我吹嘘一番。在大是大非问题前面，我会一反谨小慎微的本性，挺身而出，完全不计个人利害。我觉得，这是我身上的亮点，颇值得骄傲的。总之，我给自己的评价是：一个平平常常的好人，但不是一个不讲原则的滥好人。

现在我想重点谈一谈对自己当前处境的反思。

我生长在鲁西北贫困地区一个僻远的小村庄里。晚年，一个幼年时的伙伴对我说："你们家连贫农都够不上！"在家六年，几乎不知肉味，平常吃的是红高粱饼子，白馒头只有大奶奶给吃过。没有钱买盐，只能从盐碱地里挖土煮水腌咸菜。母亲一字不识，一辈子季赵氏，连个名都没有捞上。

我现在一闭眼就看到一个小男孩，在夏天里浑身上下一丝不挂，滚在黄土地里，然后跳入浑浊的小河里去冲洗。再滚，再冲；再冲，再滚。

"难道这就是我吗？"

"不错，这就是你！"

六岁那年，我从那个小村庄里走出，走向通都大邑，一走就走了九十多年。我走过阳关大道,也跨过独木小桥。有时候歪打正着,有时候也正打歪着。坎坎坷坷,跌跌撞撞,磕磕碰碰,推推搡搡,云里,雾里。不知不觉就走到了现在的九十多岁,超过了古稀之年,岂不大可喜哉!又岂不大可惧哉!我仿佛大梦初觉一样,糊里糊涂地成为一位名人。现在正住在301医院雍容华贵的高干病房里。同我九十多年前出发时的情况相比,只有李后主的"天上人间"四个字差堪比拟于万一。我不大相信这是真的。

我在上面曾经说到,名利之心,人皆有之。我这样一个平凡的人,有了点儿名,感到高兴,是人之常情。我只想说一句,我确实没有为了出名而去钻营。我经常说,我少无大志,中无大志,老也无大志。这都是实情。能够有点儿小名小利,自己也就满足了。可是现在的情况却不是这样子,已经有了几本别人写我的传记,听说还有人正在写作。至于单篇的文章数量更大。其中说的当然都是好话,当然免不了大量溢美之词。别人写的传记和文章,我基本上都不看。我感谢作者,他们都是一片好心。我经常说,我没有那样好,那是对我的鞭策和鼓励。

我感到惭愧。

常言道:"人怕出名猪怕壮。"一点儿小小的虚名竟能给我招来这样的麻烦,不身历其境者是不能理解的。麻烦是错综复杂的,我自己也理不出个头绪来。我现在,想到什么就写点儿什么,绝对是写不全的。首先是出席会议。有些会议同我关系实在不大,但却又非出席不行,据说这涉及会议的规格。在这一顶大帽子下面,我只能勉为其难了。其次是接待来访者,只这一项就头绪万端。老朋友的来访,什么时候都会给我带来欢悦,不在此列。我讲的是陌生人的来访,学校领导在我的大门上贴出布告:谢绝访问。但大多数人却熟视无睹,置之不理,照样大声敲门。外地来的人,其中多半是青年人,不远千里,为了某一些原因,要求见我。如见不到,他们能在门外荷塘旁等上几个小时,甚至住在校外旅店里,每天来我家附近一次。他们来的目的多种多样,但是大体上以想上北大为最多。

他们慕北大之名,可惜考试未能及格。他们错认我有无穷无尽的能力和权力,能帮助自己。另外,想到北京找工作的也有,想找我签个名照张相的也有。这种事情说也说不完。我家里的人告诉他们我不在家。于是我就不敢在临街的屋子里抬头,当然更不敢出门,我成了"囚徒"。其次是来信。我每天都会收到陌生人的几封信。有的也多与求学有关。有极少数的男女大孩子向我诉说思想感情方面的一些问题和困惑。据他们自己说,这些事连自己的父母都没有告诉。我读了真正是万分感动,遍体温暖。我有何德何能,竟能让纯真无邪的大孩子如此信任!据说,外面传说,我每信必复。我最初确实有这样的愿望。但是,时间和精力都有限,只好让李玉洁女士承担写回信的任务。这个任务成了德国人口中常说的"硬核桃"。其次是寄来的稿子,要我"评阅",提意见,写序言,甚至推荐出版。其中有洋洋数十万言之作。我哪里有能力有时间读这些原稿呢?有时候往旁边一放,为新来的信件所覆盖。过了不知多少时候,原作者来信催还原稿,这却使我作了难。"只在此室中,书深不知处"了。

如果原作者只有这么一本原稿，那我的罪孽可就大了。其次是要求写字的人多，求我的"墨宝"，有的是楼台名称，有的是展览会的会名，有的是书名，有的是题词，总之是花样很多。一提"墨宝"，我就汗颜。小时候确实练过字。但是，一入大学，就再没有练过书法，以后长期居住在国外，连笔墨都看不见，何来"墨宝"。现在，到了老年，忽然变成了"书法家"，竟还有人把我的"书法"拿到书展上去示众，我自己都觉得可笑！有比较老实的人，暗示给我：他们所求的不过"季羡林"三个字。这样一来，我的心反而平静了一点儿，下定决心：你不怕丑，我就敢写。其次是广播电台，电视台，还有一些什么台，以及一些报纸杂志编辑部的录像采访。这使我最感到麻烦。我也会说一些谎话的，但我的本性是有时嘴上没遮掩，有时说溜了嘴。在过去，你还能耍点儿无赖，硬不承认。今天他们人人手里都有录音机，"君子一言，驷马难追"，同他们订君子协定，答应删掉，但是，多数是原封不动，和盘端出，让你哭笑不得。上面的这一段诉苦已经够长的了，但是还远远不够，苦再诉下去，也了无意义，就此打住。

我虽然有这样多的麻烦，但我并没有被麻烦压倒。我照常我行我素，做自己的工作。我一向关心国内外的学术动态。我不厌其烦地鼓励我的学生阅读国内外与自己研究工作有关的学术刊物。一般是浏览，重点必须细读。为学贵在创新。如果连国内外的"新"都不知道，你的"新"何从创起？我自己很难到大图书馆看杂志了。幸而承蒙许多学术刊物的主编不弃，定期寄赠。我才得以拜读，了解了不少当前学术研究的情况和结果，不致闭目塞听。

我自己的研究工作仍然照常进行。遗憾的是，许多多年来就想研究的大题目，曾经积累过一些材料，现在拿起来一看，顿时想到自己的年龄，只能像玄奘当年那样，叹一口气说："自量气力，不复办此。"

对当前学术研究的情况，我也有自己的一套看法，仍然是顿悟式地得来的。我觉得，在过去，人文社会科学学者在进行科研工作时，最费时间的工作是搜集资料，往往穷年累月，还难以获得多大成果。现在电子计算机、光盘一旦被发明，大部分古籍都已收入。不费吹灰之力，就能涸泽而渔。过去最繁重的工作成为最轻松的了。有人可能掉以轻心，我却有我的忧虑。将来的文章由于资料丰满可能越来越长，而疏漏则可能越来越多。光盘不可能把所有的文献都吸引进去，而且考古发掘还会不时有新的文献呈现出来。这些文献有时候比已有的文献还更重要，是万万不能忽视的。好多人都承认，现在学术界急功近利浮躁之风已经有所抬头，剽窃就是其中最显著的表现，这应该引起人们的戒心。我在这里抄一段朱子的话，献给大家。朱子说："圣贤言语，一步是一步。近来一种议论，只是跳踯。初则两三步做一步，甚则十数步作一步，又甚则千百步作一步。所以学之者皆颠狂。"（《朱子语类》一二四）愿与大家共勉力戒之。

我现在想借这个机会廓清与我有关的几个问题。

我的七十多年前的老学生原301医院副院长牟善初年事也已很高了，仍然每天穿上白大褂，巡视病房。他经常由周大夫陪着到我屋里来闲聊。七十多年的漫长的岁月并没有隔断我们的师生之情，不也是人生一大快事吗？

　　我的许多老少朋友，包括江牧岳先生在内，亲临医院来看我。如果不是 301 医院门禁极为森严，则每天探视的人将挤破大门。我真正感觉到了，人间毕竟是温暖的，生命毕竟是可爱的，生活着毕竟是美丽的（我本来不喜欢某女作家的这一句话，现在姑借用之）。

满招损,谦受益

这本来是中国一句老话,来源极古,《尚书·大禹谟》中已经有了,以后历代引用不辍,一直到今天,还经常挂在人们嘴上。可见此话道出了一个真理,经过将近三千年的检验,益见其真实可靠。

这话适用于干一切工作的人,做学问何独不然?可是,怎样来解释呢?

根据我自己的思考与分析,满(自满)只有一种:真。假自满者,未之有也。吹牛皮,说大话,那不是自满,而是骗人。谦(谦虚)却有两种,一真一假。假谦虚的例子,真可以说是俯拾即是。故作谦虚状者,比比皆是。中国人的"菲酌""拙作"之类的词,张嘴即出。什么"指正""斧正""晒正"之类的送人自己著作的谦词,谁都知道是假的,然而谁也必须这样写。这种谦词已经深入骨髓,不给任何人留下任何印象。日本人赠人礼品,自称"粗品"者,也属于这一类。这种虚伪的谦虚不会使任何人受益。西方人无论如何也是不能理解的。为什么拿"菲酌"而不拿盛宴来宴请客人?为什么拿"粗品"而不拿精品送给别人?对西方人简直是一个谜。

我们要的是真正的谦虚,做学问更是如此。如果一个学者,不管是年轻的,还是中年的、老年的,觉得自己的学问已经够大了,没有必要再进行学习了,他就不会再有进步。事实上,不管你搞哪一门学问,绝不会有搞得完全彻底一点问题也不留。人即使能活上一千年,也是办不到的。因此,在做学问上谦虚,不但表示这个人有道德,也表示这个人是实事求是的。

在当今中国的学坛上,自视甚高者,所在皆是;而真正虚怀若谷者,则绝无仅有。我不认为这是一个好现象。有不少年轻的学者,写过几篇论文,出过几册专著,就傲气凌人。这不利于他们的进步,也不利于中国学术前途的发展。

我自己怎样呢?我总觉得自己不行。我常常讲,我是样样通,样样松。我一生勤奋不辍,天天都在读书写文章,但一遇到一个必须深入或更深入钻研的问题,就觉得自己知识不够,有时候不得不临时抱佛脚。人们都承认,自知之明极难;有时候,我却觉得,自己的"自知之明"过了头,不是虚心,而是心虚了。因此,我从来没有觉得自满过。这当然可以说是一个好现象。但是,我又遇到了极大的矛盾:我觉得真正行的人也如凤毛麟角。我总觉得,好多学人不够勤奋,天天虚度光阴。我经常处在这种心理矛盾中。别人对我的赞誉,我非常感激;但是,我并没有被这些赞誉冲昏了头脑,我头脑是清楚的。我只劝大家,不要全信那些对我赞誉的话,特别是那些顶高得惊人的帽子,我更是受之有愧。

真理愈辨愈明吗?

学者们常说:"真理愈辨愈明。"我也曾长期虔诚地相信这一句话。

但是,最近我忽然大彻大悟,觉得事情正好相反,真理是愈辨愈糊涂。

我在大学时曾专修过一门课《西洋哲学史》,后来又读过几本《中国哲学史》和《印度哲学史》。我逐渐发现,世界上没有哪两个或多个哲学家的学说完全是一模一样的。有如大自然中的树叶,没有哪几个是绝对一样的。有多少树叶就有多少样子。在人世间,有多少哲学就有多少学说。每个哲学家都认为自己掌握了真理,有多少哲学家就有多少真理。

专以中国哲学而论,几千年来,哲学家们不知创造了多少理论和术语。表面上看起来,所用的中国字都是一样的,然而哲学家们赋予这些字的含义却不相同。比如韩愈的《原道》是脍炙人口、家喻户晓的。文章开头就说:"博爱之谓仁,行而宜之之谓义,由是而之焉之谓道,足乎己无待于外之谓德。"韩愈大概认为,仁、义、道、德就代表了中国的道。他的解释简单明了，一看就懂。然而，倘一翻《中国哲学史》，则必能发现，诸家对这四个字的解释多如牛毛，各自自是而非他。

哲学家们辨（分辨）过没有呢？他们辩（辩论）过没有呢？他们既"辨"又"辩"。可是结果怎样呢？结果是让读者如堕入五里雾中，眼花缭乱，无所适从。我顺手举两个中国过去辨和辩的例子。一个是《庄子秋水》：

> 庄子与惠子游于濠梁之上。庄子曰："鯈鱼出游从容，是鱼乐也。"惠子曰："子非鱼，安知鱼之乐？"庄子曰：子非我，安知我不知鱼之乐？"

我觉得，惠施还可以答复："子非我，安知我不知子不知鱼之乐？"这样辩论下去，一万年也得不到结果。

还有一个辩论的例子取自《儒林外史》：

> 丈人说："你赊了猪头肉的钱不还，也来问我要，终日吵闹这事，哪里来的晦气！"陈和甫的儿子道："老爹，假如这猪头肉是你老人家自己吃了，你也要还钱。"丈人道："胡说！我若吃了，我自然还。这都是你吃的！"陈和甫儿子道："设或我这钱已经还过老爹，老爹用了，而今也要还人？"丈人道："放屁！你是该人的钱，怎是我用的钱，怎是我用你的？"陈和甫

儿子道:"万一猪不生这个头,难道他也来问我要钱?"

以上两个辩论的例子,恐怕大家都是知道的。庄子和惠施都是诡辩家。《儒林外史》是讽刺小说。要说这两个例子对哲学辩论有普遍的代表性,那是言过其实。但是,倘若你细读中外哲学家"辨"和"辩"的文章,其背后确实潜藏着与上面两个例子类似的东西。这样的"辨"和"辩"能使真理愈辨愈明吗?戛戛乎难矣哉!

哲学家同诗人一样,都是在作诗。作不作由他们,信不信由你们。这就是我的结论。

1997年10月2日

同胞们说话声音放低一点

这是多么怪的问题。

但是请先冷静一下,别先进行批判。听我慢慢道来。

先举例子。事实胜于雄辩嘛。

好多年前,我在《参考消息》上读到中国一个小有名气的音乐家,是什么院长,率领一个音乐家代表团到澳大利亚去访问。当然是住在高级饭店里。不久住同一楼的外籍人士就反映,他们要搬家。因为住同一层楼的中国客人说话声音实在太高,让人无法忍受。

我在德国的时候,一对中国夫妇生的一个小女孩,大概三岁了吧。一天忽然对父母说:"Ihr zankt(你们吵架)。"大概父母尚保留"国习",而女孩则由德国保姆带大,对"国习"很不习惯了。

我初到德国时,在柏林待了几个礼拜。我很少到中国饭馆去吃饭。因为此处是蒋宋孔陈冯居等要人的纨绔子弟或千金小姐会聚的地方。这批人我不敢说都不念书。但是,如果说,绝大部分不念书则是名副其实的。中国餐馆就是他们聚会之处。每到开饭时,一进门,一股乌烟瘴气,扑面而来。里面人声鼎沸,呱嗒嘴的声音,仿佛是给这个大混乱敲着鼓点。这情况在国内司空见惯，不图又见于异域柏林。我在大吃一惊之余，赶快逃走，另找一个德国饭馆去吃饭。

年来多病，频频住院。按道理说，医院是最需要肃静的地方。

然而在住的医院中，男大夫们往往说话声音极高，护士们是女孩子，说话轻声细语。

我个人认为，说话是传递思想必要的工具。说话声音高到只要让对方（聋子除外）听懂就行了，不必要求每个人都是帕瓦罗蒂。

指责中国人民陋习的文章，古今中外，所在都有。有的是真正的陋习，如随地吐痰。有的也出于偏见。但是，不管有多少陋习，也无法掩去中华民族之伟大。可是，话又说了回来，有陋习，改掉之，不更能显出我们民族的伟大吗？

陋习的种类极多极多。不过把说话声音高也算作陋习，过去却没有见过。有之自不佞始。

2003年6月14日

漫谈"再少"问题

宋代大文学家苏东坡有一首词《浣溪沙》,东坡自述写作来由:游蕲水清泉寺,寺临兰溪,溪水西流。

山下兰芽短浸溪,松间沙路净无泥。萧萧暮雨子规啼。
谁道人生无再少?门前流水尚能西。休将白发唱黄鸡。

我生平涉猎颇广,但是,"再少"这个词儿或者概念,在东坡以前的文献中,却从来没有见到过。这个词儿或这个概念,东坡应该说是首创者。

再少的现象,不能在年龄上,也就是时间上来体现。因为年龄和时间,一旦逝去,就永远逝去。要它回转一秒半秒,也是绝不可能的。

再少的现象或者希望,只能体现在心理状态方面。我们平常的说法是自六十岁起算是老年。一个人的血肉之躯,母亲生下来以后,经过了六十年的风吹雨打,难免受些伤害;行动迟缓了,思维不敏锐了,耳朵和眼睛都不太灵便了,走路也有困难了,如此等等,不一而足。首先,我们必须承认这些客观现象,努力适应这些客观现象。不承认不努力适应是不行的。

但是,承认和适应并不等于屈服。这里就能用上我们常说的主观能动性。主观能动性这种现象,有时候看起来,作用不大。其实,如果运用得当,则能发挥出极大的力量。中国古人说:"精诚所至,金石为开。"指的就是这种现象。

对于苏东坡所说的"再少"应该这样来理解。

总之,我是相信"再少"的。愿与全国老年人共勉之。

2006 年 1 月 21 日

从小康谈起

稚珊命题作文,我应命试作。

我们现在举国上下正在努力建设小康社会。但是,什么叫"小康"?我还没有看到权威性的解释。现在,我不揣冒昧对这个词儿来做一番解释。

在发达国家的大城市,特别是首都中,居民约略可以分为三个阶层。第一是大款,收入极高,人数极少,享用奢侈,匪夷所思。第二是中间阶层,人数相当多,收入不甚丰而花费有余。他们想吃什么,就吃什么;想穿什么,就穿什么。来自五湖四海普天下的产品,他们都能得到。他们绝不像大款那样,一次宴会开支万金,但是,日子过得颇为舒适,颇为惬意,他们是满足的。至于第三阶层,人数颇多,收入拮据,日子过得不能称心如意,还不能算是小康社会。

上面讲的第二阶层,我认为就算是"小康"。拿这个例子来同北京比较一下,北京中间阶层的人可以说是已经达到小康水平了。他们想要吃的，想要穿的，不管是来自天南，还是海北，而且还是一年四季的产品，他们都能够得到，难道这不就算是小康了吗？

但是，衡量小康的水平标准，不仅仅只有物质，而且还要有精神方面的东西，我们平常讲的人文素质就是指的精神方面的东西。一讲到人文素质，问题就复杂起来。我个人认为，有对全人类的要求，有对不同国家、不同民族的要求。前者的内容有：要正义不要邪恶，要和平不要战争，要友谊不要仇恨，要协商不要独断，要互助不要掠夺，如此等等，还可以列举许多。后者则复杂得多。国家不同，民族不同，文化和宗教的传统不同，人文素质的行为细则则必然不同。在这里需要的是相互理解，相互尊重。

如果拿世界上许多大都市已经进入小康境界的人们的人文素质的水平来同北京市（可能还有别的大城市）的我以为已经达到小康水平的人们的人文素质水平来比较一下的话，我就不禁英雄气短。有一些暴发的小康者，骄矜、浮躁、忘乎所以。就以市民的平均水平而论，也存在着不少问题。我将在上海《新民晚报》上连续发表四篇谈公德的文章来谈这个问题，希望能起作用。我们中国在这方面要做的事情还有很多，这一点我们必须清醒。

我想在这里顺便谈一个问题。在现在这样消费高潮汹涌澎湃的时候，再谈节俭，是否已经过时，是否算是冥顽不灵？我认为不是这样，过去谈节俭是对个人、对自己的家庭而言。而我现在讲的节俭是对人类而言的，大自然提供给人类的生活日用资料，毕竟不是像"江上之清风,山间之明月"那样取之不尽,用之不竭的,一个国家用多了,别的国家就会用少。就必将影响世界上广大的人民群众共同进入真正的小康境界。

漫谈消费

蒙组稿者垂青，要我来谈一谈个人消费。这实在不是最佳选择，因为我的个人消费绝无任何典型意义。如果每个人都像我这样，商店几乎都要关门大吉。商店越是高级，我越敬而远之。店里那一大堆五光十色、争奇斗艳的商品，有的人见了简直会垂涎三尺，我却是看到就头痛。而且窃作腹诽：在这些无限华丽的包装内包的究竟是什么货色，只有天晓得。我觉得人们似乎越来越蠢，我们所能享受的东西，不过只占广告费和包装费的一丁点儿，我们是让广告和包装牵着鼻子走的，愧为"万物之灵"。

谈到消费，必须先谈收入。组稿者让我讲个人的情况，而且越具体越好。我就先讲我个人的具体收入情况。我在五十年代被评为一级教授，到现在已经四十多年了，尚留在世间者已为数不多，可以被视为珍稀动物，通称为"老一级"。在北京工资区——大概是六区——每月345元，再加上中国科学院哲学社会科学部委员，每月津贴100元，这个数目今天看起来实为微不足道，然而在当时却是一个颇大的数目，十分"不菲"。我举两个具体的例子：吃一次"老莫"(莫斯科餐厅),一元五到两元,汤菜俱全,外加黄油面包,还有啤酒一杯;如果吃烤鸭,也不过六七块钱一只,其余依此类推。只需同现在的价格一比,其悬殊立即可见。从工资收入方面来看,这是我一生最辉煌的时期之一。这是以后才知道的,"当时只道是寻常"。到了今天,"老一级"的光荣桂冠仍然戴在头上,沉甸甸的,又轻飘飘的,心里说不出是什么滋味,实际情况却是"昔人已乘黄鹤去,此地空余老桂冠"。我很感谢,不知道是哪一位朋友发明了"工薪阶层"这一个词儿,这真不愧是天才的发明,幸乎不幸乎?我也归入了这一个"工薪阶层"的行列。听有人说,在某一个城市的某大公司里设有"工薪阶层"专柜,专门对付我们这一号人的。如果真正有的话,这也不愧是一个天才的发明。俗话说,"识时务者为俊杰",他们都是不折不扣的"俊杰"。

我这个"老一级"每月究竟能拿多少钱呢?要了解这一点,必须先讲一讲今天的分配制度。现在的分配制度,同五十年代相比,有了极大的不同,当年在大学里工作的人主要靠工资生活,不懂什么"第二职业",也不允许有"第二职业"。谁要这样想,这样做,那就是典型的资产阶级思想,是同无产阶级思想对着干的,是最犯忌讳的。今天却大改其道。学校里颇有一些人有种种形式的"第二职业",甚至"第三职业"。原因十分简单:如果只靠自己的工资,那就生活不下去。以我这个"老一级"为例,账面上的工资我是北大教员中最高的。我每月领到的工资,七扣八扣,拿到手的平均700元至800元。保姆占掉一半,天然气费、电话费等等,约占掉剩下的四分之一。我实际留在手的只有300元左右,我要用这些钱来付全体在我家吃饭的四个人的饭钱,这些钱连供一个人吃饭都有点捉襟见肘,何况四个人!"老莫"、烤鸭之类,当然可望而不可即。

可是我的生活水平,如果不是提高的话,也绝没有降低。难道我点金有术吗?非也。我也有第×职业。这就是爬格子。格子我已经爬了六十多年,渐渐地爬出一些名堂来。时不时地就收到稿费,很多时候,我并不知道是哪一篇文章换来的。外文楼收发室的张师傅说:"季羡林有三多,报纸杂志多,有十几种,都是赠送的;来信多,每天总有五六封,来信者男女老幼都有,大都是不认识的人;汇单多。"我绝非守财奴,但是一见汇款单,则心花怒放。爬格子的劲头更加昂扬起来。我没有做过统计,不知道每月究竟能收到多少钱。反正,对每月手中仅留300元钱的我来说,从来没有感到拮据,反而能大把大把地送给别人或者家乡的学校。我个人的生活水平,确有提高。我对吃,从来没有什么要求。早晨一般是面包或者干馒头,一杯清茶,一碟炒花生米,从来不让人陪我凌晨4点起床,给我做早饭。午晚两餐,素菜为多。我对肉类没有好感。我并不宣扬素食主义。我的舌头也没有生什么病,好吃的东西我是能品尝的。不过我认为,如果一个人成天想吃想喝,仿佛人生的意义与价值就在于吃喝二字。我真觉得无聊,"斯下矣",食足以果腹,不就够了吗?因此,据小保姆告诉,我们四个人的伙食费不过500多元而已。

至于衣着,更不在我考虑之列。在这方面,我是一个"利己主义者"。衣足以蔽体而已,何必追求豪华。一个人穿衣服,是给别人看的。如果一个人穿上十分豪华的衣服,打扮得珠光宝气,天天坐在穿衣镜前,自我欣赏,他不是一个疯子,就是一个傻子。如果只是给别人去看,则观看者的审美能力和审美标准,千差万别,你满足了这一帮人,必然开罪于另一帮人,绝不能使人人都高兴,皆大欢喜。反不如我行我素,我就是这一身打扮,你爱看不看,反正我不能让你指挥我,我是个完全自由自主的人。

因此,我的衣服,多半是穿过十年八年或者更长时间的,多半属于博物馆中的货色。俗话说,"人靠衣裳马靠鞍",以衣取人,自古已然,于今犹然。我到大店里去买东西,难免遭受花枝招展的年轻女售货员的白眼。如果有保卫干部在场,他恐怕会对我多加小心,我会成为他的重点监视对象。好在我基本上不进豪华大商店,这种尴尬局面无从感受。

讲到穿衣服,听说要"赶潮",就是要赶上时代潮流,每季每年都有流行款式,我对这些都是完全的外行。我有我的老主意:以不变应万变。一身蓝色的卡其布中山装,春、夏、秋、冬,永不变化。所以我的开支项下,根本没有衣服这一项。你别说,我们那一套"三十年河东,三十年河西"的"哲学"有时对衣着款式也起作用。我曾在新中国成立前的1946年在上海买过一件雨衣,至今仍然穿。有的专家说:"你这件雨衣的款式真时髦!"我听了以后,大惑不解。经专家指点,原来五十多年流行的款式经过了漫长的沧桑岁月,经过了不知道多少变化,现在又在螺旋式上升的规律的指导下,回到了五十年前款式。我恭听之余,大为兴奋。我守株待兔,终于守到了。人类在衣着方面的一点小聪明，原来竟如此脆弱！

我在本文一开头就说，在消费方面我绝不是一个典型的代表。看了我自己的叙述，一定会同意我这个说法的。但是，人类社会极其复杂，芸芸众生，有一箪食一瓢饮者，也有食前方丈、一掷千金者。绫罗绸缎、皮尔卡丹、燕窝鱼翅、生猛海鲜，这样的人当然也会有的。如果全社会都是我这一号的人，则所有的大百货公司都会关张的，那岂不太可怕了吗？所以，我并不提倡大家以我为师，我不敢这样狂妄。不过，话又说了回来，我仍然认为：吃饭穿衣是为了活着，但是活着绝不是为了吃饭穿衣。

给"拆"字亮红灯

根据我长期的观察和思考,我认为,必须立刻给"拆"字亮红灯。"拆"者,拆古迹也,拆城墙也,拆比较大的建筑也。

在飞速建设我们国家的时候,拆一些东西是不可避免的。但是,我认为,现在是拆过了头。

我之所谓"古迹",并不专指名胜古迹,一个城市的原始风貌,也属于古迹一类。试问,如果一个外国人要了解我们这一座世界名城北京的原始风貌,你除了故宫、天坛、颐和园等地以外,还能领他到什么地方去呢?

在这方面,我们不是没有前车之鉴的。当年拆北京城墙的时候,虽然也有不少人反对,但是在拆风劲吹之下,还是拆掉了。后来这一位主持拆墙的市长,自己也承认,城墙是完全可以不拆的。在城外找个地方发展经济,是并不困难的。

北京城墙事件发生以后,有什么机构做了一次调查,全国城墙保存完整的不多,最著名的是湖北的江陵。西安拆城墙保留了四分之一,也受到了关注和表扬。我并不主张城墙非保留不行。如果不妨碍大局，保留一下，留一点旧日的风貌，也是有益无害的。

我曾访问过亚、欧、非三洲的许多著名的古老的大学。在几所长达六七百年的大学中，古树参天，浓荫匝地，在古老建筑物的窗子上，碧萝密布，草色当然不能入帘青了，但仍能让人感到草色的存在，在这样的大厅里读书、写文章，书焉能读不进去，文章又焉能不梦笔生花呢？

中国办教育有几千年的历史，兴办最高学府太学、国子监等等，至少也有两千来年的历史了。上述外国大学的情况到哪里去找呢？

这只能归罪于一个"拆"字。

今年是北京城建城850周年，试问我们今天到北京什么地方能感受到这样古老历史的气氛呢？

这又不能不归罪一个"拆"字。

我不鼓励人们到处发思古之幽情。总起来说，我们应该向前看，向未来看，那里才是我们希望之所在。但是，在紧张劳动之余，能够有机会发点思古之幽情，能使我们头脑清醒，灵魂沉静。清醒与沉静大有利于再战。

根据我的观察，现在拆势未减，似乎也没有人想到这个问题。

我们必须给"拆"字亮红灯。

论朋友

人类是社会动物。一个人在社会中不可能没有朋友。任何人的一生都是一场搏斗。在这一场搏斗中，如果没有朋友，则形单影只，鲜有不失败者。如果有了朋友，则众志成城，鲜有不胜利者。

因此，在人类几千年的历史上，任何国家，任何社会，没有不重视交友之道的，而中国尤甚。在宗法伦理色彩极强的中国社会中，朋友被尊为五伦之一，曰"朋友有信"。我又记得什么书中说："朋友，以义合者也。""信""义"含义大概有相通之处。后世多以"义"字来要求朋友关系，比如《三国演义》中"桃园三结义"之类就是。

《说文》对"朋"字的解释是"凤飞，群鸟从以万数，故以为朋党字"。"凤"和"朋"大概只有轻唇音重唇音之别。对"友"的解释是"同志为友"。意思非常清楚。中国古代，肯定也有"朋友"二字连用的，比如《孟子》。《论语》"有朋自远方来，不亦乐乎！"却只用一个"朋"字。不知从什么时候起，"朋友"才经常连用起来。

在中国几千年的历史上，重视友谊的故事不可胜数。最著名的是管鲍之交、钟子期和伯牙的故事等等。刘、关、张三结义更是有口皆碑。一直到今天，我们还讲究"哥儿们义气"，发展到最高程度，就是"为朋友两肋插刀"。只要不是结党营私，我们是非常重视交朋友的。我们认为，中国古代把朋友归入五伦是有道理的。

我们现在看一看欧洲人对友谊的看法。欧洲典籍数量虽然远远比不上中国，但是，称之为汗牛充栋也是当之无愧的。我没有能力来旁征博引，只能根据我比较熟悉的一部书来引证一些材料，这就是法国著名的《蒙田随笔》。

《蒙田随笔》上卷，第二十八章，是一篇叫作《论友谊》的随笔。其中有几句话：

> 我们喜欢交友胜过其他一切，这可能是我们本性所使然。亚里士多德说，好的立法者对友谊比对公正更关心。

寥寥几句，充分说明西方对友谊之重视。蒙田接着说：

> 自古就有四种友谊：血缘的、社交的、待客的和男女情爱的。

这使我立即想到，中西对友谊含义的理解是不相同的。根据中国的标准，"血缘的"不属于友谊，而属于亲情。"男女情爱的"也不属于友谊，而属于爱情。对此，蒙田有长篇累牍的解释，我无法一一征引。我只举他对爱情的几句话：

爱情一旦进入友谊阶段，也就是说，进入意愿相投的阶段，它就会衰落和消逝。爱情是以身体的快感为目的，一旦享有了，就不复存在。相反，友谊越被人向往，就越被人享有，友谊只是在获得以后才会升华、增长和发展，因为它是精神上的，心灵会随之净化。

这一段话，很值得我们仔细推敲、品味。

1999年10月26日

论教授

教授,同博士一样,在中国是"古已有之"的,而今天大学里的教授,都是地地道道的舶来品,恐怕还是从日本转口输入的。

在中国古代,教授似乎只不过是一个芝麻绿豆大的小官。然而,成了舶来品以后,至少是在抗日战争之前,教授都是一个显赫的头衔。虽然没有法子让他定个几品官,然而一些教授却成了大丈夫,能屈能伸。进可以攻,退可以守,身子在北京,眼里看的、心里想的却在南京。有朝一日风雷动,南京一招手,便骑鹤下金陵,当个什么行政院新闻局长,或是什么部的司长之类的官,在清代恐怕抵得上一个三四品官,是"高干"了。一旦失意,仍然回到北京某个大学,教授的宝座还在等他哩。连那些没有这样神通的教授,工资待遇优厚,社会地位清高。存在决定意识,于是教授就有了架子,产生了一个专门名词——"教授架子"。

日军侵华,衣冠南渡。大批的教授会集在昆明、重庆。此时,神州板荡,生活维艰。教授们连自己的肚子都填不饱,想尽种种办法,为稻粱谋。社会上没有人瞧得起,连抬滑竿的苦力都敢向教授怒吼:"愿你下一辈子仍当教授!"斯文扫地,至此已极。原来的"架子"现在已经没有地方去"摆"了。

新中国成立以后,50年代,工资相对优厚,似乎又有了点摆架子的基础。但是又有人说:"知识分子翘尾巴,给他泼一盆凉水!"教授们从此一蹶不振,每况愈下。到了十年浩劫中,变成了"资产阶级反动学术权威",不齿于士林。最后沦为"老九",地位在"引车卖浆者流"之下了。

二十年前,十一届三中全会之后,拨乱反正,天日重明,教授们的工资待遇没有提高,而社会地位则有了改善,教授这一个行当又有点香了起来。从世界的教授制度来看,中国接近美国,数目没有严格限制,非若西欧国家,每个系基本上只有一两个教授。这两个制度孰优孰劣,暂且不谈。在中国,数目一不限制,便逐渐泛滥起来,逐渐膨胀起来。有如通货膨胀,教授膨胀导致贬值。

现在,在大学中,一登"学途",则有"不到教授非好汉"之慨,于是一马当先,所向无前,目标就是教授。但是,从表面上看上去,达到目标就要过五关,其困难难于上青天。可是事实上却正相反,一转瞬间,教授可坐一礼堂矣,其中奥妙,我至今未能参悟。然而,跟着来的当然是教授贬值。这是事物的规律,是无法抗御的。

于是为了提高积极性,有关方面又提出了博士生导师(简称"博导")的办法。无奈转瞬之间,博导又盈室盈堂,走上了贬值的道路。令人更担忧的是,连最高学术称号——院士这个合唱队里也出现了不协调的音符。如果连院士都贬了值,我们将何去何从?

论怪论

"怪论"这个名词,人所共知。其所以称为怪者,一般人都不这样说,而你偏偏这样说,遂成异议可怪之论了。

我却要提倡怪论。

但我也并不永远提倡怪论。

历史的经验告诉我们,一个国家、一个民族,需要不需要怪论,是完全由当时的历史环境所决定的。如果强敌压境,外寇入侵,这时只能全民一个声音说话,说的必是驱逐外寇、还我山河之类的话,任何别的声音都是不允许的。尤其是汉奸的声音更不能允许。

国家到了承平时期,政通人和,国泰民安,这时候倒是需要一些怪论。

从世界历史上来看,中国的春秋战国时代怪论最多。有的甚至针锋相对,比如孟子讲性善,荀子讲性恶,是同一个大学派中的内部矛盾。就是这些异彩纷呈的怪论各自沿着自己的路数一代一代发展下去,成为中华民族文化的渊源和基础。

与此时差不多的是西方的希腊古代文明。在这里也是怪论纷呈。

发展下来，成为西方文明的渊源和基础。当时东西文明两大瑰宝，东西相对，交相辉映，共同照亮了人类文明发展的前途。这个现象怎样解释，多少年来，东西学者异说层出，各有独到的见解。我于此道只是略知一二。在这里就不谈了。

怪论有什么用处呢？

某一个怪论至少能够给你提供一个看问题的视角。任何问题都会是极其复杂的，必须从各个视角对它加以研究、加以分析，然后才能求得解决的办法。如果事前不加以足够的调查研究而突然做出决定，其后果实在令人担忧。我们眼前就有这种例子，我在这里不提它了。

现在，我们国家国势日隆，满怀信心向世界大国迈进。在好多年以前，我曾预言，21世纪将是中国的世纪。当时我们的国力并不强。我是根据近几百年来欧美依次显示自己的政治经济力量、科技发展的力量和文化教育的力量而得出的结论。现在轮到我们中国来显示力量了。我预言，五十年后，必有更多的事实证实我的看法，谓予不信，请拭目以待。

我希望，社会上能多出些怪论。

2003年6月25日于301医院

学术良心或学术道德

"学术良心",好像以前还没有人用过这样一个词,我就算是"始作俑者"吧。但是,如果"良心"就是儒家孟子一派所讲的"人之初,性本善"中的"性"的话,我是不信这样的"良心"的。人和其他生物一样,其"性"就是"食、色,性也"的"性";其本质是一要生存,二要温饱,三要发展。人的一生就是同这种本能做斗争的一生。有的人胜利了,也就是说,既要自己活,也要让别人活,他就是一个合格的人。让别人活的程度越高,也就是为别人着想的程度越高,他的"好",或"善"也就越高。"宁教我负天下人,休教天下人负我",是地道的坏人,可惜的是,这样的人在古今中外并不少见。有人要问:"既然你不承认人性本善,你这种想法是从哪里来的呢?"对于这个问题,我还没有十分满意的解释。《三字经》上的两句话"性相近,习相远"中的"习"字似乎能回答这个问题。一个人过了幼稚阶段,有意识地或无意识地会感到,人类必须互相依存,才都能活下去。如果一个人只想到自己,或都是绝对地想到自己,那么,社会就难以存在,结果谁也活不下去。

这话说得太远了，还是回头来谈"学术良心"或者学术道德。学术涵盖面极大，文、理、工、农、医，都是学术。人类社会不能无学术，无学术，则人类社会就不能前进，人类福利就不能提高；每个人都是想日子越过越好的，学术的作用就在于能帮助人达到这个目的。大家常说，学术是老老实实的东西，不能掺半点假。通过个人努力或者集体努力，老老实实地做学问，得出的结果必然是实事求是的。这样做，就算是有学术良心。剽窃别人的成果，或者为了沽名钓誉创造新学说或新学派而篡改研究真相，伪造研究数据，这是地地道道的学术骗子。在国际上和我们国内，这样的骗子亦非少见。这样的骗局绝不会隐瞒很久的，总有一天真相会大白于天下的。许多国家都有这样的先例。真相一旦暴露，不齿于士林，因而自杀者也是有过的。这种学术骗子，自古已有，可怕的是于今为烈。我们学坛和文坛上的剽窃大案，时有所闻，我们千万要引为鉴戒。

这样明目张胆的大骗当然是绝不允许的。还有些偷偷摸摸的小骗，也不能不引起我们的戒心。小骗局花样颇为繁多，举其荦荦大者，有以下诸种：在课堂上听老师讲课，在公开学术报告中听报告人讲演，平常阅读书刊时读到别人的见解，认为有用或有趣，于是就自己写成文章，不提老师的或者讲演者的以及作者的名字，仿佛他自己就是首创者，用以欺世盗名，这种例子也不是稀见的。还有，有人在谈话中告诉了他一个观点，他也据为己有。这都是没有学术良心或者学术道德的行为。

我可以无愧于心地说，上面这些大骗或者小骗，我都从来没有干过，以后也永远不会干。

我在这里补充几点梁启超在他所著的《清代学术概论》中谈到的清代正统派的学风的几个特色："隐匿证据或曲解证据，皆认为不德。""凡采用旧说，必明引之，剿说认为大不德。"这同我在上面谈的学术道德（梁启超的"德"）完全一致。可见清代学者对学术道德之重视程度。

此外，梁启超上书中还举了一点特色："孤证不为定说。其无反证者姑存之。得有续证则渐信之。遇有力之反证则弃之。"可以补充在这里，也可以补充在上一节中。

对广告的逆反心理

我没有研究过广告学。我只是朦朦胧胧地知道，商品一产生，就会有广告。常言道："老王卖瓜，自卖自夸。"不然"人家的卖了，自己的剩下"。这是人之常情。

到了今天，在所谓信息爆炸的时代里，广告的作用更是空前高涨。一走出家门，满世界皆广告也。在摩天大楼上，在比较低的房屋上，在路旁特别搭建的牌子上，在旮旮旯旯令人不太注意的地方，在车水马龙中的大小汽车上，在一个人蹬车送货的小平板车上。总之，说不完，道不尽，到处都是广告。广告的制作又是五花八门，五光十彩，让人看了，目不暇接，晕头转向。制作者都是老王，没有老张和老李。你若都信，必将无所适从，堕入一个大糊涂中。

回到家里，打开报纸，不管是日报、晨报、晚报，也不管是大型的一天几十版，还是小型的一天只有几版，内容百分之六七十至八九十都是广告。大的广告可以占一个整版；小的则可怜兮兮地只有几行，挤在密密麻麻的广告丛林中，活像一个瘪三。大的广告固然能起作用，小的也会起的。听说广告费是很高的，不起作用，谁肯花钱？

一打开电视，又是广告的一统天下。人们之所以要看电视，主要是想对国家大事和世界大事有所了解。至于商品或其他广告，虽然也能带来信息，但不能以此为主。可是现在的电视，除了"广告时间"以外，随时都能插入广告。有时候，在宣布了消息内容之后即将播报之前，突然切入广告，据说这个出钱最多，可是对我这样的想听消息者，却如咽喉里卡上了一块骨头。

广告之多，我举一个小例子。北京电视一台，每晚六点至六点半是体育新闻。我先声明一句，这不是唯一的一次，后面还有。但是，仅就这一次而论，在半小时内，前面掐头，是十分钟的广告时间，然后是真正的体育新闻。播了不久，忽然出现了"广告之后，马上回来"的字样，于是又占去几分钟。最后还要去尾，一去又是十分钟，当然都是广告。观众同志们！你们想一想：这叫什么"体育新闻"！

最令人难以承受的，还数不上广告多，而是广告重复。一个晚上重复几次，有时候还是必要的。但几分钟内就重复两三次，实在难以忍受。重复的主题，时常变换。眼前的主题是美国的×××牙膏。让几个天真无邪的中国小孩，用铜铃般清脆悦耳的声音，高声赞美×××牙膏，并打出字幕：××公司"美（国）化"你的生活。一次出现，尚能看下去，一两分钟后，立即又出现，实在超出了我的忍耐的限度。我双手捂耳，双眼紧闭，耳不听不烦，眼不见为净。嘴里数着一二三四，希望在二十以内，熬过这一场灾难。

为什么这样重复呢？从前听一位心理专家说，重复的频率越高，对记忆越有好处。等到频率达到了一定的高度，记忆就永志不忘了。

说不说由你，听不听由我。我不知道，广告学中有没有逆反心理这样一章。我也不知道，逆反心理是否每一个人都有。反正我自己是有的，而且很强烈。碰到我这样的牛皮筋，重复得越多，也就是说，广告费花得越多，效果反而越低。最后低到我发誓永远不买这种牙膏，不管它有多好。我现在不知道，广告学家，以及兜售商品的专家看了我这个怪论做何感想。

不管做什么样的广告，也不管出现的频率多少，其目的无非是美化自己的商品，唤起消费者的注意，心甘情愿地挖自己的腰包，结果是产品商人赚了钱。至于商品究竟怎样，商人心里有数，而消费者则心中无底，一切尽在不言中了。

广告真能赚钱吗？斩钉截铁地说一句：真能赚钱，甚至赚大钱。空口无凭，举例为证。前几年，山东出了一种名酒，一时誉满京华，大小宾馆，凡宴客者无不备有此酒。自称是深知内情的人说——当然是形象的说法——山东这个酒厂一天开进电视台一辆桑塔纳，开出的却是一辆奥迪。然而曾几何时，这一切都已烟消云散，现在北京知道那一种名酒的人，恐怕不太多了。

我之所以写这一篇短文，绝不是想反对广告。到了今天，广告的作用越来越大，当顺其势而用之，绝不能逆其势而反之。这里有两点要绝对注意：第一，对商品要尽量说实话，绝不假冒伪劣。第二，广告做得不得当，会引起逆反心理。我在别的地方曾讲到要有品牌意识。一个名牌,往往是几代人惨淡经营的结果,来之不易,破坏起来却不难。我注意到,在今天包装改革的大潮中,外面的包装一改,里面的商品就可能变样变味。我认为,这是眼前的重大问题,希望商品生产者,特别是名牌的生产者,切莫掉以轻心。

希望21世纪家庭更美好

家庭是组成社会的细胞,集无数细胞而成社会。家庭安则社会安;家庭不安,则社会必然动荡。这个道理明白易懂。

人类不是一开始就有家庭的。人类社会进步到某一个阶段而家庭出。在中国几千年的历史上,崇尚大家庭成风。四世同堂为一般人所艳羡。这通常指的是直系亲属。不是直系亲属而属于同一曾祖,或甚至祖父的叔伯兄弟,也往往集聚一个大家庭中。读一读《红楼梦》,这情况立即具体生动地展现在眼前。宁荣二府,以贾母为首的正头主子不过几十人,然而却楼台殿阁,千门万户,男仆如云,使女如雨,天天过着花天酒地的日子,享尽了人间荣华富贵。表面上看起来,繁荣兴盛,轰轰烈烈。然而,在内部却是勾心斗角,笑里藏刀,互相蒙骗,互相倾轧,除了宝玉一人外,大概没有人过得真正称心如意的。

《红楼梦》时代渺矣,遥矣。就在新中国成立前,我还在济南见到一些聚族而居的大家庭。规模虽然不能像贾府那样大,但是,几个院子,几十口人,几十间房子总是有的。聚居的人,不是大爷,就是二婶，然而境遇却绝对不同。有的摆小摊，有的当县长，有的无所事事，天天鬼混。他们之间，恩恩怨怨，搅成一团。所谓"清官难断家务事"者，即此是也。

新中国成立以来，由于社会的变化，这样的大家庭几乎全已失踪。家庭越变越小。儿女结婚后与父母同住者，也已少见。最典型的家庭是一夫一妻，再加上一个小孩。由于双职工多，生了小孩，没人照管，于是就请来男的母亲或女的母亲，住在一起，照管小孩，这样就产生了一个新名词——"社会主义老太太"。

依我的推断，到了 21 世纪，这样的家庭还会继续下去。我不希望看到目前间或有的不办结婚登记手续而任意同居的家庭，这样的家庭是由"露水夫妻"组合成的，说聚就聚，说散就散，这不利于社会的安定团结。像美国那样的同性恋的"家庭"，中国目前似乎还没有，我在将来也不希望看到。这样的超时髦的玩意儿，还是没有的好。

一个人不可能没有一点缺点，也不可能不犯一点错误。只要到不了触犯刑律的程度，夫妻间就应该互相理解，互相原谅。相互理解是夫妻间最重要的行为。在热恋阶段往往看不到对方的缺点，俗话说："情人眼中出西施。"一旦结婚，往往就会应了我们常说的两句话："凡所难求皆绝好，及能如愿便平常。"西人说："结婚是爱情的坟墓。"我希望，中国不要让这一句话兑现。我希望，结婚以后，爱情的温度会以另外一种形式与日俱增，而不是渐趋冰冷。

我在很多地方被别人认为是保守派，我也以保守派自居。并不是一切时髦的东西都是好的。在婚姻和家庭问题上，我也宁愿保守。我还是宣传我那一套：家庭中必须有忍让精神，夫妇相互包涵，相互容忍，天天为了一点芝麻绿豆大的小事而吵架，我不认为是好现象。

一夫一妻一个孩子的家庭，是历史演变的结果，是当前以及以后相当长的时间内形势的需要。我现在还想不出将来的家庭形式会变成什么样子，21世纪也不会改变。我不希望，中国的社会有朝一日会改变复古，复古到没有家庭的社会，男女杂交，只知有母而不知有父。我希望，21世纪中国的家庭会在保留这种形式的基础上，多增加一些温馨，多增加一些理解，多增加一些和谐，多增加一些幸福。